Warum sie nach einem Vulkan benannt wurde, weiß Etna nicht. Explosiv ist sie eigentlich nur, wenn sie Ungerechtigkeiten aushalten muss – als Goldschmiedin geht ihr besonders das schmutzige Goldgeschäft gegen den Strich. Nur jetzt, beim Blick auf den Schwangerschaftstest, ist da ein Strich ganz anderer Art, der sie aufwühlt …

Svenja hingegen erstellt mit Vorliebe Listen, und noch lieber arbeitet sie ihre Listen Punkt für Punkt ab. Heute steht das Abholen der Trauringe an, denn in drei Wochen ist ihre Hochzeit geplant. Was nicht auf ihrer Liste steht? – Dass sie mit einer Goldschmiedin namens Etna einfach mal zu einem Roadtrip aufbricht.

Zwei Frauen zusammen im Auto, ihre Jugendsongs mitträllernd, unterwegs zum ersten Vaterkandidaten, denn Etna kann das mit dem Kind unmöglich allein schaffen, wo sie doch versprochen hat, all ihre Energie in faires Gold zu stecken. Bald stellen die beiden fest, dass sie weit mehr als das Geburtsjahr verbindet.

Mit viel Witz und Drive erzählt Karin Rey vom Ausbruch zweier Frauen aus dem Unbehagen in der Welt, wie sie ist. Etwas muss sich ändern, das ist klar – und so beginnen die beiden nach einem guten Vater zu schürfen, reißen Neophyten aus und wüssten schon, wie das geht, eine faire Produktionslinie aufzuziehen. Ein engagiertes und zugleich schwereloses Debüt!

Karin Rey

Karat

Roman

Atlantis

in der Kampa Verlag AG, Hegibachstrasse 2, CH-8032 Zürich
info@atlantisverlag.ch
www.atlantisliteratur.ch
GPSR-Kontakt: Schöffling & Co. Verlagsbuchhandlung GmbH,
Kaiserstraße 79, D-60329 Frankfurt am Main
info@schoeffling.de

Lektorat: Daniela Koch
Covergestaltung: Lara Flues
Covermotiv: © Jana Sojka | janasojka.com
Satz: Tristan Walkhoefer, Leipzig
Gesetzt aus der Stempel Garamond LT / 1. Auflage 2025
Druck und Bindung: GGP Media GmbH, Pößneck
Auch als E-Book erhältlich
ISBN 978 3 7152 5050 2

1

Dienstags war Etna allein. Der Laden, die Werkstatt, alles gehörte bis zum Schichtwechsel um zwölf Uhr nur ihr. Dienstags standen keine Termine für Ringberatungen an, dienstags kam selten Laufkundschaft. Dienstags roch es nach Metall und Putzmittel und sonst nichts. Etna blickte zuerst auf die Uhr – zehn vor elf –, dann auf die zwei Ringe, die vor ihr auf einem weißen Tuch lagen. *Leo & Svenja 9. 9. 2023* hatte sie eingraviert, so wie es auf dem Auftragszettel stand – eine Gravur, wie sie sie schon x-mal gemacht hatte.

Leo hatte beim ersten Beratungstermin gelächelt, so wie sie selbst lächelte, wenn sie ein Reinigungsbad für Ohrringe verkaufen wollte. Wir machen jetzt Nägel mit Köpfen, hatte er erklärt und dabei auf sich und Svenja gezeigt.

Etna betrachtete die geschmiedeten Goldringe, 18 Karat, hohe Reinheit, nur war daran nichts rein, überhaupt gar nichts – acht vor elf –, und das Gefühl, kurz vor der Eruption zu stehen, nahm mit jeder Minute zu. Wenn sie nicht unter Lavaströmen begraben werden wollte, musste sie heute ebenfalls Nägel mit Köpfen machen. Sie nahm die Ringe hoch, hielt sich einen vors rechte und einen vors linke Auge. Schade, dass sie nicht in die Zukunft sehen konnte – sieben vor elf.

2

Einkäufe erledigte Svenja immer dienstags.
Dienstags arbeitete sie nicht, dienstags saß jemand anderes an ihrem Pult mit Fensterblick. Dienstags war Svenjas Tag für Podcasts, für scheues Ausschlafen; würde sie Sport machen, würde sie dienstags Sport machen.

Auf dem Marktplatz stand ein Springbrunnen, und Svenja stand zu nah an dem Springbrunnen. Auf ihrem Display landeten Wassertropfen, die das Licht bunt auffächerten.

Sie scrollte durch die App, in der Leo und sie alle Einkäufe eintrugen. Noch zwei offene Punkte: WC-Papier und die Ringe.

Sie kniff die Augen zusammen, verstaute das Handy im Rucksack und versuchte sich auf den Podcast zu konzentrieren, eine Wissenschaftssendung zum Thema, wie der Mensch mit Duftstoffen kommuniziert.

Svenja lief über die roten Pflastersteine zum Juweliergeschäft. In großen Buchstaben stand am Fenster: *Schmuckes von Schmuckes.*

Sie fand diesen Slogan ziemlich misslungen, hatte sich aber nie getraut nachzufragen, ob die Geschäftsführerin tatsächlich Schmuckes hieß oder ob der Name das Ergebnis eines ausufernden Brainstormings war.

Eine Wahl hatte sie jedenfalls nicht, Schmuckes war weit und breit das einzige Juweliergeschäft. Also überquerte sie den Platz, drückte die schwere Tür auf.

Drei Mal war sie mit Leo hier gewesen. Er hatte sich nicht entscheiden können: Ein zu breiter Ring würde ihn bei der Arbeit mit der Motorsäge stören, ein zu schmaler unwiderruflich im Gras verschwinden, falls er mal vom Finger rutschte.

Svenja zog sich die Kopfhörer aus den Ohren. Der dicke Teppichboden schluckte das Ticktack der Pendeluhren, die neben Ringen und Kettchen aufgereiht standen. Svenja reckte den Kopf. Kein Mensch zu sehen.

Die Zeit sei stehen geblieben in diesem Geschäft, hatte Leo nach dem ersten Besuch gesagt. Schon vor zwanzig Jahren, als er sich eine Uhr zur Konfirmation aussuchen durfte, sei er über den ranzigen graubraunen Teppich marschiert.

Svenja drückte die goldige Klingel auf dem Verkaufstresen und versuchte, was sie schon oft versucht hatte: sich Leo als Konfirmanden vorzustellen. Sie konnte sich seine Barthaare wegdenken, seine Schultern schmälern, die Arme schlaksiger und die Haltung gedrückter machen, aber ab da kam sie nicht weiter: Einen hilflosen, Schutz suchenden Leo kriegte sie nicht hin. Vor allem jetzt nicht, nach einer Nacht mit zerstückeltem Schlaf.

Die Tür hinter dem Tresen war angelehnt, daran angepinnt ein Plakat für eine Veranstaltung zum Thema Gold, die Anfang des Monats stattgefunden hatte. Svenja wusste, dass die Tür zu einer kleinen Werkstatt führte. Falls dahinter jemand war, machte sich diese Person durch nichts bemerkbar.

Svenja überlegte schon, wieder zu gehen, da hörte sie aus der Werkstatt ein Ticken, das unregelmäßiger war als das der vielen Uhren. Es klang, als würde jemand mit einem Bleistift auf die Tischoberfläche klopfen.

Sie war also doch nicht allein hier. Vielleicht Etna Schmied?

Svenja roch kurz an ihrer Achsel, obwohl der Podcast behauptete, man könne seine eigenen Pheromone nicht bewusst wahrnehmen.

Sie trat einen Schritt nach links. Während sie den Kopf reckte, um durch den Türspalt zu spähen, wurde es im Laden plötzlich laut, zuerst klingelte es im Schaufenster, dann hinter dem Tresen, dann von allen Wänden: In unterschiedlichsten Tonlagen wurde »elf Uhr« verkündet.

Als die Pendeluhren wieder in ihren Ruhezustand zurückfielen, hörte Svenja ein Schluchzen.

Und obwohl sie noch keine der Angestellten im Schmuckes je hatte schluchzen hören, war sie sich nun ganz sicher, dass hinter der Tür Etna Schmied war.

Leo hatte Etna mit aufgelistet, als sie einander erzählten, wie viele Beziehungen sie schon gehabt hatten. Svenja hatte drei genannt, wovon man eine aber nicht richtig zählen könne, weil das in der Oberstufe gewesen sei und nicht viel mehr als Händchenhalten beinhaltet habe.

Leo hatte ebenfalls drei gesagt, aber Etna Schmied voll mitgezählt, obwohl es ebenfalls in der Oberstufe und nicht viel mehr als Händchenhalten gewesen war.

Er hatte ihr umstandslos erklärt, dass Etna Musik studiert habe, durch die Prüfungen geflogen sei und nach einer Lehre als Goldschmiedin seit ein paar Jahren bei Schmuckes arbeite, weshalb die Chance relativ groß sei, dass sie die Eheringe bei ihr aussuchen würden.

Svenja hatte das nicht weiter gestört – erst ein Kommentar von Leos Mutter hatte sie aufhorchen lassen. *Pass auf, dass sie nicht an dir riecht.* Etnas Großvater mütterlicherseits habe den Tod riechen können, das sei stadtbekannt. In den 1960er-Jahren sei er der einzige Schreiner in der Umgebung gewesen, der Särge hergestellt habe. Und nach einiger Beobachtungszeit sei die Brugger Bevölkerung zum Schluss gekommen, dass es schon sonderbar sei, dass er immer die richtige Sarggröße vorrätig hatte, der passende Sarg oftmals sogar schon bereitstand, wenn der Anruf des Pfarrers kam. Er könne den Tod riechen, sagten die Netteren, er würde den Tod anziehen, die anderen. Seine Enkelin habe die Gabe geerbt, ging nun in der Stadt rum, nur könne die Goldschmiedin nicht den Tod, sondern Scheidungen riechen.

Svenja hatte insistiert, dass so was ja wohl Quatsch sei, woraufhin ihr Leo den Podcast über Pheromone empfohlen hatte.

»Drei, zwei eins«, hörte Svenja. Dann erschien Etna im Türrahmen.

Ihre Augen hatten rote Ränder, die Haare strich sie sich mit schnellen Bewegungen hinter die Ohren. In der Hand hielt sie einen länglichen Gegenstand.

»Hallo, Svenja«, murmelte sie.

Svenja blinzelte, als sie erkannte, was Etna zwischen den Fingern hielt.

»Ich bin schwanger«, erklärte Etna und ließ die Hand mit dem Test nach unten sinken.

Dann verschwand Etnas ganzer Körper in der Versenkung.

Svenja lief schnell um den Tresen herum und sah, wie Etna jetzt auf dem Boden kauerte, ihre Knie umklammert hielt, eine kleine Menschenkugel. Svenja blickte sich im Raum um, die Pendeluhren zeigten drei nach elf.

»Brauchst du was?«, fragte Svenja. »Eine Suppe oder so?«

Etna hob den Kopf.
»Ich schließe gleich den Laden.«
»Willst du … willst du zu einer Ärztin?«
»Muss man das?«
»Ich weiß es nicht. Aber vielleicht jemanden anrufen? Das ist ja schon ziemlich was.«
»Es ist nicht der erste Test«, erklärte Etna, »ich weiß es schon seit ein paar Tagen und sollte eigentlich nicht mehr geschockt sein. Ich wollte nur nochmals sichergehen.«
Etna löste die Arme von den Knien, faltete ihren Körper auf, erhob sich. Ihr Bauch war flach.
»Du hast recht. Es ist schon ziemlich was«, verkündete sie, »aber irgendwie auch gut. Ich fühle mich, als stünde ich auf einem weiten Platz ohne Routenplan. Das ist doch schön, nicht? Warte, ich hole kurz die Ringe.«

Svenja stand wieder allein im Laden. Sie drehte sich zur Tür, die gleichzeitig der Notausgang war. Dahinter der Marktplatz mit den roten Steinen. Ein Auto fuhr über die Steine, obwohl das verboten war. Genauso, wie es verboten war, einfach zusammenzubrechen, mitten am Arbeitstag vor einer Kundin hinter dem Tresen zu versinken, zu schluchzen, rot geweinte Augen zu haben.
Ein weiter Platz ohne Routenplan.
Die Arme, dachte Svenja, und gleich darauf dachte sie an sich selbst, weil Leo ihr das Gleiche heute Morgen gesagt hatte, *du Arme*, weil sie wieder schlecht geschlafen hatte. Er meinte, dass sie vielleicht mal ganz was anderes machen sollte an ihrem Dienstag. Neue Eindrücke, was Außergewöhnliches tun, solche Sachen.

Etna stand wieder vor ihr. Sie hatte eine dünne olivgrüne Jacke angezogen.

»Snacks!«, sagte sie, hielt Süßigkeiten und Chips hoch, die sie in einem neongrünen Turnsack verschwinden ließ.

Sie betätigte einen Knopf unter der Theke, der die Eingangstür verschloss, und riss das Plakat mit der Veranstaltung zu fairem Gold ab.

Entschuldigend sagte sie: »Tut mir leid, das volle Programm mit Präsentation und Goldpolieren holen wir später nach. Ich muss wirklich los, muss mich auf die Suche nach dem Vater machen. Erster Halt Basel.«

Svenja zog die Augenbrauen hoch.

»Es gibt mehrere Kandidaten«, ergänzte Etna.

Svenja nickte, nickte nochmals, sie nickte, damit die Worte endlich aus ihr rauspurzelten.

»Soll ich mitkommen?«, fragte sie und schob noch »Ich habe heute frei« hinterher.

Etna drückte einen weiteren Knopf, der das Licht in den Schaukästen ausgehen ließ. Alles wurde diffus, als hätte sich eine Rauchwolke vor die Sonne geschoben.

Etna zögerte, sagte: »Du willst deinen freien Tag hergeben?«

»Das passt. Für mich.«

Etnas Blick verlor sich zwischen den Pendeluhren.

Sie nickte nur.

2012

Entscheidungen mussten her, der Vulkan stand kurz vor der Eruption. Sie packte die wichtigsten Sachen – Zelt, Pullover, Trompete – in die Satteltaschen und fuhr an den nächsten See.

Zwischen zwei Wohnmobilen stellte sie ihr Zelt auf, griff nach der Trompete und lief auf einem langen Steg übers Wasser. Am Ende angekommen, fädelten sich ihre Finger ums Metall, sie hob das Instrument an die Lippen, zögerte.

Die Wasseroberfläche flirrte unter der drückend heißen Sonne. Da stand sie nun, keine eins sechzig groß, zusammengehalten von gar nichts. Sie würde das erste Jahr an der Jazzschule nicht bestehen. Unmöglich. Die Finger ihrer rechten Hand drückten die Ventile in schnellen Wellen runter: Zeigefinger, Mittelfinger, Ringfinger. Zeigefinger, Mittelfinger, Ringfinger. Dann hielt sie die Trompete an die Lippen, das Mundstück war warm, als wäre es ein Teil von ihr. Sie spielte Naturtöne, immer höher, frei flogen sie über das Wasser.

Warum konnte sie nicht so spielen, wenn jemand zuhörte? Ihr ganzes Leben lang hatte sie nie Bühnenangst gehabt, und jetzt, wo's um was ging, kam das plötzlich mit voller Wucht.

Eine Trompete, schwamm die eigentlich?

Der Gedanke hatte sich einfach so an ihre Neuronen gespült.

Sie nahm ihre Finger von den gewohnten Positionen und ließ ihr Instrument ins Wasser fallen.

Die Trompete schwamm. Sie lächelte. Ein tiefes *Blopp* drückte sich aus dem Trichter. Dann ging alles ganz schnell.

Die Trompete, voller Wasser, sank unverzüglich, der Vulkan sprang barfuß hinterher, holte Luft, tauchte unter, das Wasser grün und weiter unten hellbraun. Hier irgendwo musste sie sein, sie suchte das Hellbraun ab, drehte den Kopf nach links, nach rechts. Hier irgendwo. Die Trompete hatte sie zu ihrem achtzehnten Geburtstag gekriegt, sie würde sie niemals auf dem Grund des Hallwilersees verrosten lassen. Da! Metall blitzte auf, und sie machte große Züge, Luft, sie brauchte dringend wieder Luft, hielt aber trotzdem inne, denn jetzt, genau jetzt, nahm sie ihre im Sand liegende Trompete zum ersten Mal als das wahr, was sie ebenfalls war: nicht nur ein Instrument, sondern ein Kunstwerk mit geraden und geschwungenen Linien, aus Blech geformt. Sie griff nach dem Kunstwerk, und als sie sich mit den Füßen vom sandigen Boden abstieß, fiel Licht darauf. Die Trompete glänzte wie Gold.

Gold, war ihr Gedanke, als sie die Grenze zwischen Wasser und Luft durchbrach und wieder atmen konnte. Gold, vielleicht sollte sie was mit Gold machen, Dinge formen, etwas herstellen, schmieden, schließlich hieß sie doch Schmied.

Wasser tropfte aus dem Trichter auf den Steg. Sie lief zurück zum Zelt, beglückt.

3

Svenja drehte sich einmal um die eigene Achse. Über den Personaleingang waren sie in einen Hinterhof gekommen, den sie noch nie betreten hatte. Erstaunt betrachtete sie den unförmigen Grundriss. Es gab nichts Nennenswertes zu sehen, es war vielmehr seine Existenz, die Svenja überraschte. Als sie vor zwei Jahren von Deutschland hierhergezogen war, hatte sie innerhalb einer Woche alle Ecken, alle Brunnen, alle größeren und auch die kleineren Straßenkreuzungen erkundet. Dass sie in dieser Stadt noch etwas Neues entdecken würde, hätte sie nicht gedacht. Neue Eindrücke sind gut, rief sie sich in Erinnerung, neue Eindrücke will das Gehirn im Schlaf verarbeiten, und je mehr Eindrücke, desto größer die Motivation des Gehirns, lang und tief zu schlafen.

Etna war weitergelaufen und verschwand im Innern eines blauen Minis. Svenja folgte ihr, öffnete die Beifahrertür, setzte sich ebenfalls, Etna gab der Haifisch-Wackelfigur auf dem Armaturenbrett einen Stoß.

Aus der Mittelkonsole zog Etna ein kleines Fläschchen.

»Habe leider nur noch einen«, erklärte sie, bevor sie den Ingwer-Shot in zwei Schlucken leer trank. Ihr Gesicht verzog sich ein wenig, dafür richtete sich ihr Körper auf, wie ein Grashalm nach einem Sturm.

»Es ist wirklich nett von dir, mitzukommen«, sagte sie. »Dass ich immer versuche, alles allein zu machen, ist sicher meine größte Schwäche.«

Svenja gab ein Lächeln zurück und suchte den unteren Rand der Frontscheibe nach Wespen ab, aber da war nur der Hai.

Etna schaltete den Motor ein und fuhr aus dem Innenhof raus auf die Straße Richtung Autobahn.

»Musikwünsche?«, fragte Etna. »Oder einfach Radio?«

»Radio«, antwortete Svenja. Zeit, um einen eigenen Musikgeschmack zu pflegen, hatte sie sich nie genommen.

Etna drückte einen Knopf. Was folgte, war etwas Poppig-Modernes, mit dem sich die Musikredaktion der Sendestation erhoffte, Sommerstimmung in gut gekühlte Büroräume zu bringen.

Die Ampel vor ihnen sprang auf Rot, Etna hielt an, griff nach ihrem grünen Turnsack und zog eine kleine Schachtel hervor.

»Die Gravur sollte korrekt sein«, sagte sie, als sie Svenja die Ringe überreichte, »ich kontrolliere die Buchstaben immer doppelt und dreifach. In meinem ersten Lehrjahr habe ich einmal *Reto* anstatt *Remo* in einen Ring graviert, da war die Hölle los. Das Paar hat einen riesigen Radau gemacht, ich hätte fast meine Lehrstelle verloren. Und was höre ich ein Jahr später? Getrennt. Das ganze Theater für nichts.«

Svenja hob den Deckel an. Darunter lagen auf dunklem Samt die goldenen Ringe, die sie schon kannte. Neu war nur die Gravur. Svenja nahm ihren Ring in die Hand. Die Gravur stand korrekt auf der Innenseite: *Leo & Svenja 9.9.2023*.

Noch knapp drei Wochen. Ab dann wären Leo und Svenja ganz offiziell Leo & Svenja. Drei Jahre nach ihrem Kennenlernen in Costa Rica. Ende zwanzig waren sie da gewesen. Längst keine Teenager, keine verletzlichen Jugendlichen mehr, beide schon im Leben angekommen.

Damals, in der Sprachschule in San José, dachte Svenja, dass Leo eine Abkürzung war. Für Leopold, für Leonhard. Aber Leo war einfach nur Leo. Das stand so in seinem Pass: *Stierli Leo*, drei Buchstaben, fertig.

Svenja steckte den Ring in die Schachtel und die Schachtel in den Rucksack, klemmte den Rucksack zwischen ihre Knie und setzte sich gerade hin.

Etna lenkte den Mini auf die Autobahn und wechselte die Spur. Der Haifisch auf dem Armaturenbrett wackelte mit.

»Hast du Hobbys?«, fragte Etna.

»Natur«, antwortete Svenja, »und solche Dinge.«

»Was mit Insekten?«

Svenja räusperte sich.

»Ich bin in einer Neophyten-Gruppe«, erklärte sie, »wir machen regelmäßig Touren durch Brugg und Umgebung.«

Etna stieß ein lautes Lachen aus. »So witzig!«

»Eigentlich sagen die meisten, sie fänden das langweilig.«

»Nein, ich meine, ich war auch mal in einer Neophytengruppe. *The Neophytes*, wir haben ein paar Songs auf Spotify gestellt, dazu ein richtig schlechtes Bild von uns während einer Bandprobe. Als ich aus dem Studium geflogen bin, musste ich die Band verlassen, weil Rea, unsere Sängerin«, und hier zeichnete Etna mit zwei Fingern Gänsefüßchen in die Luft, »*das Niveau halten* wollte. Der Prototyp einer selbstverliebten Sängerin. Ihr Mikro hat sie mit Goldspray eingesprüht, weil sie fand, das würde mehr Jazz verbreiten. Aber der Spray färbte grausam ab, am Schluss konnte Rea das Mikro nur noch mit Handschuhen anfassen. Seit meinem Rauswurf haben die *Neophytes* jedenfalls nichts Neues mehr rausgebracht.«

»Das spricht für dich.«

»Denke ich auch. Aber mit dem Erfolg in der Musikbranche ist es so eine Sache. Pro Tag werden Hunderttausende Songs auf Spotify geladen – und der größte Teil davon wird genau zwei Mal aufgerufen: Einmal von deinen stolzen Eltern und einmal von einem random Dude, der seinen eigenen Musikgeschmack für exquisit und deine Musik für underground hält. Eure Neophytengruppe macht wenigstens einen Unterschied. Kämpft für Biodiversität, dass die invasiven Pflanzen die anderen nicht verdrängen. The Neophytes hat niemanden vom Markt verdrängt, wir haben ihn lediglich um ein paar zusätzliche Songs erweitert. Die Musik zum Beruf zu machen, kann ich also nicht empfehlen. Und du? Was hast du gelernt?«

»In Deutschland habe ich Informatik studiert und hier in der Schweiz eine Stelle bei einer Krankenkasse angenommen. Sie zahlen gut. Der Kaffee ist gratis, das IT-Team ganz nett, es gibt weder Apéros noch Teamausflüge, alles sehr entspannt insgesamt. Du hast Musik studiert?«

»Jazz. Vier der fünf großen Schulen des Landes wollten mich nehmen. Ich bekam ein Stipendium vom Kanton, es erschien sogar ein Artikel über mich im *Generalanzeiger*. Ich zog aus, hatte in Basel eine WG mit zwei anderen Musikerinnen.«

»Und dann?«

»Dann nichts. Ich bekam Bühnenangst. Ich konnte vor einem Vorspiel tagelang nicht schlafen und mich auf nichts konzentrieren. Bei den Prüfungen kam aus meiner Trompete nichts, bloß warme Luft. Die Dozentinnen haben gemeint, ich solle eine Therapie machen, es gäbe viele, die damit zu kämpfen hätten. Bis ein Platz bei einer darauf spezialisierten Therapeutin frei wurde, waren die Prüfungen schon durch und ich exmatrikuliert. Die Therapie habe ich trotzdem gemacht, das ging noch auf Kosten der

Hochschule. Jetzt habe ich zwar keine Bühnenangst mehr, dafür aber keine Bühne.«

Svenja nickte, versuchte alles zusammenzusetzen. Leo war in der Neunten über beide Ohren in Etna verliebt gewesen. Nach den Frühlingsferien hatte sie mit ihm Schluss gemacht und war später aufs Gymnasium gegangen. Dann die abgebrochene Jazzschule, jetzt Goldschmiedin. Und neu: schwanger von unbekannt.

Svenja schielte zu Etna rüber, die in dem kleinen Auto erstaunlich groß wirkte. Ihr Gesichtsausdruck war freudig, so als wäre das ein Ausflug in den Europapark.

»Mein Gott«, sagte Etna lächelnd, »und ich wäre fast allein losgefahren.«

2013

Sind Sie Einzelkind?, wollte ihre zukünftige Chefin beim Bewerbungsgespräch wissen. Der Vulkan kannte die Frage, sie kam ab und zu. Dabei hatte sie zwei ältere Brüder. Beide hatten erst viel Sport getrieben und sich dann Jobs gesucht, in denen man sich ebenfalls gut abkämpfen konnte.

Die Eltern arbeiteten Teilzeit, der Vater Maler, die Mutter Archäologin, beide hatten viel mit Pinseln zu tun, beide mochten italienische Vornamen.

Es wurde viel Zeit draußen verbracht. Vor ihrem Haus stand ein alter Kirschbaum, aus den Früchten kochten sie Konfitüre. Beim Rasenmähen wurden Osterglocken und Margeriten stehen gelassen.

Warum nur wurde sie so oft als Einzelkind taxiert?

Ihre WG-Mitbewohnerin meinte, es sei, weil sie immer recht haben wolle: Wie viele Tage hat der November? Wie können wir die Welt gerechter machen?

Florian, den sie ein bisschen zu nah an sich herangelassen hatte, meinte, es läge daran, dass sie niemanden richtig nah an sich heranlassen würde, als hätte sie Angst, die Menschen würden gleich darauf wieder verschwinden – Kinder mit Geschwistern hätten da mehr Konstanz erlebt, hätten mehr Vertrauen.

Als die Chefin meinte, ihr Name klänge, als hätten sich ihre Eltern was ganz Besonderes für ihr einziges Kind aussuchen wollen, antwortete sie: *Ich habe zwei Brüder.*

4

Den Fressbalken bei Pratteln kannte Svenja nur aus Erzählungen. Etna schlug vor, dort Mittagspause zu machen, und Svenja hatte Hunger, wollte essen, wollte dieses Restaurant, das sich quer über die sechs Spuren spannte, von innen sehen.

Als Svenja die Beifahrertür öffnete, drang sofort das Dröhnen der vorbeirasenden Autos in den Mini.

»Ich muss aufs WC«, erklärte Etna, »du kannst ja schon ins Restaurant hoch, wenn du willst.«

Svenja streckte ihre Beine heraus und beobachtete Etnas lang gezogene Schritte; ein heranrollendes Auto hielt, um ihr den Vortritt zu lassen.

Svenja blieb noch einen Moment sitzen.

Leo fragte am Dienstagabend oft, was sie den ganzen Tag gemacht habe – meistens wusste sie nicht, was sie ihm antworten sollte. Kaffee trinken, Einkäufe erledigen und was lesen, das klang einfach nicht nach einem vollen Tag im Vergleich zu Hecken schneiden, Gärten vertikulieren und Motorsägen einfetten.

Sie gab dem Haifisch einen Stoß, sein Unterkiefer und seine Rückenflosse begannen zu wackeln. Heute würde anders werden.

Das Restaurant schwebte über der Autobahn, darunter tödliche Geschwindigkeit. Die ovalen Fenster sahen aus wie abgehackte Tentakel, es roch nach Bratwurst und Feuchttüchern.

Svenja hatte sich mit ihrer Portion Pommes so hingesetzt, dass sie das ganze Restaurant im Blick hatte, und den Teller schon halb leer gegessen, als Etna endlich auftauchte.

Sie hielt ihre Jacke in der Hand, das Namensschild von Schmuckes hing noch immer an ihrer weißen Bluse.

»Unten gab's einen Bücherkasten. Ich habe mein Buch dort deponiert«, entschuldigte sich Etna.

Svenja hob die Augenbrauen.

»Das ist meine Marketingstrategie«, erklärte sie, setzte sich auf einen Stuhl und faltete die Hände vor sich auf dem Tisch. »Als Red Bull in den britischen Markt einsteigen wollte, haben sie in London mehrere Wochen lang leere Red-Bull-Dosen gut sichtbar in öffentlichen Mülleimern platziert, um den Eindruck zu erwecken, dass das Produkt bereits breit konsumiert wird und darum gut sein muss. Da ich keinen Verlag für mein Buch gefunden habe, vermarkte ich es erst mal selbst, und zwar auf die gleiche Art. Wenn sich die Gelegenheit ergibt, deponiere ich eins in einem Bücher-Kasten. Aber darum geht es jetzt nicht. Soll ich dir mehr über den ersten Vaterkandidaten sagen?«

»Bisher weiß ich nur, dass er in Basel wohnt«, antwortete Svenja und schob den Teller in die Tischmitte.

Etna griff in die restlichen Pommes.

»Er heißt Florian, ist ein netter Typ«, erklärte sie mit vollem Mund, »ein bisschen schüchtern am Anfang, das liegt an seinem Beruf.«

»Was arbeitet er denn?«

»Er ist Komponist.«

»Oh, kennt man was von ihm?«

»Das solltest du ihn besser nicht fragen. Aber mach dir keine Sorgen. Ich glaube, du hast eine beruhigende Wirkung auf Menschen. Was meinst du? Werde ich etwas spüren, wenn ich vor dem richtigen Vater stehe? Ich denke die ganze Zeit darüber nach, ob mir das Kind dann ein Zeichen gibt, mich tritt oder so.«

Svenja schüttelte den Kopf und legte mit vier Pommes das Fundament für einen Turm, wie sie das mit ihren Schwestern früher immer gemacht hatte.

»Das Baby hat noch keine Beine«, erklärte sie, »das tritt dich nicht.«

Etna zeigte mit beiden Zeigefingern auf Svenja.

»Siehst du!«, rief sie entzückt. »Genau deswegen brauche ich Menschen wie dich. Du weißt, dass Babys so früh noch keine Beine haben. Darf ich? Dann ist er stabiler.«

Svenja nickte, und Etna vollendete den Pommes-Turm mit einer kleinen Plattform.

1994

Die Brüder hatten sich vorgenommen, die Parzellen der Gartenkolonie zu benoten. Alle sechzig, am besten in den Weihnachtsferien, wenn alle weg waren. Wichtigste Kriterien waren die Überwinterungsmaßnahmen und die Anzahl der Deko-Artikel. Die Brüder hatten ein Klemmbrett aus dem Büro der Eltern mitgenommen und fühlten sich wichtig, wie sie dastanden zwischen den Beeten und sich Dinge notierten, die der kleine Vulkan nicht lesen konnte. Sie wurde als Reh engagiert. Lautlos und auf allen vieren bewegte sie sich über grünes Plastik, das auf toten Beeten lag, und die Brüder kontrollierten, ob die Abdeckung verrutschte, was Abzug gab.

Ihr gefiel es, ein Reh zu sein, ihr gefiel auch der Winter: wenig Farben, wenig Gerüche, wenig Geräusche. Sie lief mit Cäsars alten Winterschuhen über gefrorene Kieswege und Steinplatten, schaute durch verstaubte Fenster ins Innere der Schreberhäuschen. Manchmal klopfte sie leise an eine verlassene Tür, stellte sich vor, wer ihr öffnen würde – vielleicht ein Mann, so alt wie ihr Großvater, oder ein Mädchen, so groß wie sie selbst –, sie führte leise Gespräche mit den Wesen hinter den verschlossenen Türen: Hallo, wie geht es dir? Ach, ich laufe hier nur so rum. Auch grob gezeichnete »E« auf angehauchtem Glas gab es, die sie gleich wieder wegwischte.

Später, im Sommer, als Cäsars Winterschuhe längst zu warm und zu klein waren, die Tomaten dafür rot und üppig an den Sträuchern hingen, füllten sie zu dritt in der Küche farbige Plastikbecher mit Wasser, stellten sie auf ein Tablett, das Pompei trug, weil er am längsten auf den Kirschbaumästen balancieren konnte.

Die Brüder hatten alles geplant: Sie sollte das Kleid ihrer Cousine anziehen, dazu eine gelbe Mütze aufsetzen, die ihre Haare nach unten drückte, und barfuß laufen. Nackte Füße, da waren die Brüder sich einig, riefen genau das richtige Maß an Mitleid und Entzücken hervor.

Mit den Wasserbechern auf dem Tablett marschierten sie über die spitzsteinigen Wege zwischen den Gartenhäuschen.

Cäsar, der weder ein Tablett trug noch barfuß lief, hielt nach den Gärten mit den besten Noten Ausschau, da sie dort die süßesten Cherry-Tomaten erwarteten. Der kleine Vulkan wurde vorgeschickt. Ihr Satz: »So ein warmer Tag, hätten Sie nicht gerne ein kühles Glas Wasser frisch vom Hahn?« Dazu lächeln.

Wenn sie wieder nach Hause kamen, waren die Becher leer, das Tablett dafür voll reifer Tomaten.

Unser kleiner Vulkan kann alles, sagten die Brüder und klatschten sich ab, während sie ihre Füße über den weichen Teppich wandern ließ.

5

Heiße Luft schlug ihr entgegen, als sie die Autotür öffnete.

Svenja setzte sich auf den klebrigen Beifahrersitz, neben ihr strich sich Etna die Locken hinter die Ohren.

Als sie noch jünger waren, hatten ihre Schwestern nach dem dritten oder vierten Umzug einen simplen Leitfaden für Freundschaften entwickelt: Zuerst musst du der ganzen Schule zeigen, dass du da bist, dann gezielt auf die offenen Menschen zugehen. Geschafft hast du es, sobald dir jemand, ohne Fragen zu stellen, sein Geodreieck ausleiht.

»Booyakasha!«, rief Etna in den Rückspiegel. Sie startete den Motor und fuhr wieder auf die Autobahn.

Was wohl mit ihren Freundschaften passiert war, als sie fürs Studium nach Basel zog, nur um dann später wieder nach Brugg zurückzukommen? Waren da überhaupt noch Freunde, die ihr ein Geodreieck ausleihen würden?

Svenja wickelte sich die drei Freundschaftsbänder, die am Zipper ihres Rucksackes hingen, um den Zeigefinger. Leo hatte sie geknüpft, als sie schon ein Paar waren. Jedes Jahr hatte er ihr ein neues geschenkt, jedes Jahr war das Muster aufwendiger geworden. Er nannte sie Liebesbänder, betonte aber immer, dass Freundschaft genauso wichtig sei.

Etna machte das Radio an.

Es kamen Staunachrichten, eine kurze Anmoderation, dann die ersten Töne Musik.

Svenja zog scharf Luft ein, als sie James Arthurs Stimme erkannte. Emily, Emily, Emily – das Lied lief ständig im Büro.

»Was für ein Scheißlied«, bestätigte Etna und schaltete das Radio wieder aus.

»Er hat es für sein ungeborenes Kind geschrieben, hab ich gelesen«, sagte Svenja.

»Haha, stell dir vor, es wäre ein Junge geworden, ein kleiner Severin oder Benjamin. Dann hätte James die Schnulzennummer für seinen Sohn nochmals neu aufnehmen können: You make me a better man, because of you, Severin.«

Etna nahm eine Hand vom Steuer und ballte sie zu einer theatralischen Faust, während sie weitersang: »I feel a love that I just can't believe, oh Severin! So was hätte keine Plattenfirma rausgebracht – aber ein Vater, der sein kleines Mädchen beschützen will, das zieht bei den Leuten. Manchmal bin ich froh, dass ich aus dem Jazz-Studium geflogen bin. Am Ende hätte ich noch in seiner Band gespielt!«

»Dann besser Goldschmiedin.«

»Auch das nervt oft.«

»Aber dass es zu jeder Hochzeit nach wie vor Goldringe braucht, ist sicher gut für deine Branche.«

Etna winkte ab, presste die Lippen aufeinander, drückte aufs Gaspedal und überholte einen Lastwagen, ohne zu blinken.

»Scheiß Gold, ja«, murmelte sie.

Erstes Foto

Was zuerst auffällt, sind die auf Kante zugesägten dicken Äste. Akkurat wurden sie im Abstand von einer Ellbogenlänge an den Stollenwänden positioniert und halten die Decke, die verhindert, dass Steine in den schmalen Tunnel fallen.

Holz, Erde, ein T-Shirt und in dem T-Shirt ein Mensch. Mehr ist auf dem Foto nicht zu sehen.

Der Hauptstollen hinter dem Mann ist vielleicht eineinhalb Meter hoch. Im Nebenstollen, von dem aus Alain das Foto geschossen haben muss, kommt man nur noch auf allen vieren vorwärts.

Der Mann trägt eine Schirmmütze, darüber eine Stirnlampe. Man sieht, wie der Lichtkegel auf die Stollenwand fällt. Dort ist das braune Gestein heller. Es sieht porös aus, so, als würde es runterrieseln, wenn man daran rührt. Aber das ist eher eine Vermutung, genauso wie es eine Vermutung ist, dass Alain rief: Bitte, komm auf mich zu, und der Mienenarbeiter eine gut überlegte Pose eingenommen und den Blick direkt in die Kamera gerichtet hat.

Vielleicht hat Alain ihm die Fotos dann auf dem Bildschirm seiner Kamera gezeigt und gesagt, *schau, so sieht das aus*, und er hat gesagt, *nein, davon gefällt mir keines*, woraufhin sich Alain nochmals in den Nebenstollen gelegt hat, obwohl ihm viel zu heiß und zu eng und die Luft zu dünn war. Aber er wusste, dass weiter hinten die Temperatur noch höher, der Platz noch enger und die Luft noch dünner werden würde, und er wusste, dass das hier festgehalten werden musste. Er wusste, dass das Gold hier in der Nähe des Tanganjika-Sees zum qualitativ hochwertigsten der Welt gehörte und die Welt sich dafür interessieren würde. Für diese Fotos.

6

Svenja war bereits drei Mal in Basel gewesen. Sie wusste, dass der Fluss, der durch die Stadt fließt, der *Rhein* war und dass die Menschen hier das R nicht rollten – genau wie sie selbst. Das hatte ihr Leo in Costa Rica erklärt: dass man im Osten der Schweiz und in den beiden Basler Kantonen das R nicht rollte. Mit Papaya im Mund und Kaffee in der Hand hatte er ihr eine Kostprobe verschiedener Dialekte gegeben und dabei herzhaft gelacht. Svenja hatte festgestellt, dass das die anderen Schweizer wie Fliegen angezogen hatte und unter ihnen umgehend eine ausschweifende Dialektdiskussion entbrannte. Erst später verstand sie, dass das eine Art Volkssport war, genauso, wie man sich in Deutschland über seine DB-Erlebnisse und schlechtes Internet austauschte.

Sobald sie von der Autobahn abgefahren waren, vermischte sich der städtische Auto- mit dem städtischen Fahrrad-, mit dem städtischen Fußgängerverkehr. Etna stoppte vor einer roten Ampel. Konzentriert schaute sie in den Spiegel, zog streng an ihren Locken, bis sie sie eng an der Kopfhaut zusammenband. Dann sprang die Ampel auf Grün.

Am anderen Ende der Stadt parkierte Etna den Mini in einer Tiefgarage. Über eine hallende Betontreppe liefen sie wieder ans Licht, waren mit einem Mal umringt von Wohntürmen, mindestens sechs oder sieben, jeder davon sicher mehr als fünfzehn Stockwerke hoch.

Alles war neu: die Pflanzen noch dünn und anfällig, die Balkone entweder gar nicht oder mit viel zu viel Elan dekoriert. Svenja sah die Container, die bis oben gefüllt waren mit Fernsehkartons, Pax-Kartons und Zügelkartons. Sie versuchte sich vorzustellen, wie es sein musste, hier aufzuwachsen, in einem der Hochhäuser, umgeben von Wiesen und Spielplätzen und der Autobahn. Sicherlich war hier nach Schulschluss viel los. Man hätte unendlich viele Freundinnen zum Spielen, könnte jeden Nachmittag die anderen Kinder rausklingeln und als Bande zwischen den strikt rechteckig gehaltenen Grundrissen umherziehen.

Man wüsste, was bei den anderen lief, man könnte sich gegenseitig die Hausaufgaben abschreiben und tote Briefkästen einrichten, Leo würde um sechs das Fenster öffnen und laut pfeifen, damit die Kinder zum Abendessen kämen, das er selber vorbereitet haben würde – schließlich hatte er schon ganz zu Beginn ihrer Beziehung gemeint, er wolle möglichst bald sein Pensum reduzieren.

Svenja hörte, wie Etna *siebzehn, siebzehn, siebzehn* vor sich hin betete, bis sie an dem Gebäude ankamen, an dessen Hauseingang groß eine metallische 17 hing.

Etna fuhr mit dem Finger über die Klingelschilder.

»Bernasconi, hier!«, sagte sie und drückte die Klingel.

»Tür ist offen, vierter Stock«, hörte Svenja eine verzerrte Stimme antworten, dann ein Summen.

Der Hauseingang war einladend: ein heller, gesprenkelter Boden, die Wände grün, die Decken weiß.

Etna griff nach dem Treppengeländer und schwang sich auf die ersten Stufen. Falls sie nervös war, ließ sie es sich nicht anmerken. Etna schien froh, dass nun endlich kam, was kommen musste. Svenja beeilte sich, um nicht abgehängt zu werden.

Eine 4 kündigte den vierten Stock an.

Beim Klingelschild von R + F Bernasconi stand die Tür einen Spalt offen.

Etna klingelte trotzdem.

Drinnen hörte man ein Rascheln.

»Wohnt Florian mit seinem Bruder zusammen?«, flüsterte Svenja.

»Hm?«

»Das Klingelschild sieht nach zwei Personen aus.«

»Zwei?« Etnas Augen wurden groß, hastig stopfte sie sich ihre weiße Bluse in den Hosenbund.

Von innen hörte man Schritte.

Die Türe wurde aufgezogen.

Ein Mann kam zum Vorschein und sagte mit einer tiefen Stimme, die nach zerknüllten Notenblättern klang: »Ich dachte, die Pizza kommt.«

1995

Die Kinderzimmer von Pompei und Cäsar sahen gleich und doch anders aus. In beiden hingen Poster und Schals, dazu gab es passende Bettwäsche. Was sie unterschied, waren die Sujets auf Postern, Schal und Bettwäsche: Cäsar war Fan vom FC Basel, weil die praktisch alle Spiele in der Super-League gewannen, und Pompei von Martina Hingis, der besten Tennisspielerin der Schweiz.

Sie wollte auch Fan sein und fragte die Brüder immerzu, für wen sie denn *fanen* dürfe.

Pompei und Cäsar verkündeten kurz nach ihrem fünften Geburtstag: »Jetzt bist du alt genug, um auch Fan zu sein.«

»Von wem?«, fragte sie aufgeregt. »Sagt schon, von wem?«

»Von den Ninja Turtles«, antwortete Pompei, und Cäsar führte genauer aus, wie das mit dem Fan-Sein funktionierte: »Du musst ab jetzt alles sammeln, was mit den Ninja Turtles zu tun hat. Und dir zu Weihnachten nur Ninja-Turtles-Dinge wünschen. Du nimmst einen Ordner aus Muttis Büro, und wenn du in einem Heft Ninja Turtles findest, dann schneidest du die Seite aus, lochst sie und legst sie im Ordner ab.«

Der kleine Vulkan war überglücklich über den neu erlangten Status als Fan und machte sich sofort an die Arbeit.

So wuchs das über die Ninja Turtles gesammelte Material rasant an: Sie durchforstete Spielzeughefte nach Abbildungen, übte den Umgang mit Papier und Stift, damit sie den grünen, aufgeblasenen Schriftzug der Teenant Mutant

Ninja Turtles freihändig nachzeichnen konnte. In der Bibliothek lieh sie sich einen Turtle-Comic aus. Sie lernte, dass die Figuren sich ausschließlich von Pizza ernährten und alle wie berühmte Maler hießen: Leonardo, Michelangelo, Raffaello und Donatello. Am meisten war sie Fan von Donatello, weil es wie Nutella klang.

Ihr Turtle-Ordner führte zum einen dazu, dass sie, als sie bald darauf in den Kindergarten kam, dachte, dass italienische Vornamen ganz normal waren, und, zweitens, dass sie bereits schreiben konnte – jedenfalls die zehn Buchstaben vom Teenant-Mutant-Ninja-Turtle-Schriftzug.

Ihrem Kindergärtner entging sowohl das eine als auch das andere nicht. In seinem Abschlussbericht vor dem Übertritt in die Schule hielt er fest, dass Etna bereits so viel könne wie eine Erstklässlerin und er großes Potenzial für eine akademische Karriere sehe.

7

Ich bin nicht der Pizzabote und du nicht Donatello«, zischte Etna, schob Florian beiseite und betrat die Wohnung.

Sie erkannte: So hatte sie sich das nicht vorgestellt, und im gleichen Moment gestand sie sich ein, dass ihre Vorstellung eigentlich auch nichts mit der Realität gemeinsam haben konnte, weil in dieser Vorstellung nur ihr eigener Part vorkam. Jetzt stand da aber Florian, verströmte den vertrauten Geruch nach Mandeln und Melancholie.

Etna wich seinem Blick aus, schaute stattdessen auf das grüne Ikea-Möbel, das auf dem Teppich stand.

Das ließ sie innehalten.

Immer noch grün, immer noch ohne Griffe. Mehrere gerahmte Fotos und eine Schale mit Schlüsseln standen auf dem Schränkchen.

Vielleicht lag es am nur allzu bekannten Geruch oder daran, dass Etna unbedingt an etwas anderes denken wollte als an das, was sie Florian gleich sagen musste – aber mit einem Mal erinnerte sie sich ganz klar an den sonnigen Nachmittag, als Florian und sie dieses Möbel unverhofft auf der Gundeldingerstrasse entdeckt hatten und sie sich nur kurz anschauen mussten, um zu wissen, dass sie es haben wollten, weil es perfekt in Florians neue WG passte, weil sie wahnsinnig verliebt waren, und weil sie zu zweit ein bisschen leiden wollten beim Transport quer durch die Basler Innenstadt. Gemeinsam hatten sie den Boden der WG abgeklebt und das Möbel grün bemalt. Das war, als Florian Etna noch Nana nannte und sie zu ihm etwas sagte, das mit *Flo* begann, aber nicht mit *rian* aufhörte und sich nie wirklich durchgesetzt hatte. Nana hingegen war süß, aber nicht peinlich süß, niemand sonst hatte sie je so genannt. Und trotzdem hatte sie, als Florian nicht hingeschaut hatte, *Etna was here* auf die Unterseite des Möbels geschrieben, weil sie bereits da schon die Vergangenheitsform dieser Beziehung gespürt hatte.

Erst jetzt bemerkte Etna, wie still es war.

Sie schaute zu Florian, der den Mund öffnete, etwas sagen wollte, aber nur den ersten Konsonanten wiederholte, D-D-D-D-.

»D-AS«, sagte er schließlich, »DAS geht so nicht.«

Er hatte die Arme verschränkt, trug ein schwarzes T-Shirt, auf dem eines seiner blonden langen Haare lag. Sie hätte es gern weggewischt. Seine Brille war ihm auf die Nasenspitze gerutscht. Die Brille war rund, nicht mehr eckig.

Etna fuhr sich über den Bauch, der bald auch rund sein würde, so rund wie das Horn-Imitat vor Florians Augen. Sie streckte den Rücken durch, atmete tief ein, roch Angst und Ärger und Duschgel. Sie atmete gut vernehmbar aus und versuchte mit der nächsten Einatmung in sich hineinzuhören, es wollte ihr nicht gelingen. In ihrem Uterus war es genauso still wie in Florians Wohnung.

Etna spürte nichts.

»Nichts!«, sagte sie zu Svenja, die immer noch im Türrahmen stand.

Florian drehte sich zum Eingang um.

»Und wer bist du?«, fragte er.

»Niemand«, rief Etna, um Florians Aufmerksamkeit endlich auf die Babysache zu lenken.

»Na, danke«, murmelte Svenja.

Etna wusste, dass sie jetzt sofort damit rausmusste. Also brachte sie es in einem Satz hinter sich.

»Ich bin schwanger«, sagte sie und war überrascht, wie bedeutsam so ein Satz sein konnte, obwohl er bloß aus Personalpronomen + Verb + Adjektiv bestand.

Nur, genau in dem Moment, da sie ebenjenes Adjektiv, das den Satz konkludiert und so bedeutungsvoll machte, laut und deutlich ausgesprochen hatte, stürmte jemand mit nassen Haaren aus dem Badezimmer in den Gang.

Jetzt spürte Etna etwas.

Nicht im Uterus, mehr so in der Solarplexus-Gegend.

Als ob ihr jemand dort einen Fuß reingerammt hätte.

Oder ein goldenes Mikro.

»Rea?«, wunderte sich Etna.

»Rea …«, keuchte Florian.

»Etna!«, rief Rea.

Alle verharrten auf ihren Plätzen. Etna war die Erste, die sprach.

»Dir geht's gut so weit?«

Rea legte den Kopf schräg, ein paar Wassertropfen fielen von ihren Haaren auf den Parkettboden.

»Bin jetzt Leadsängerin bei The Rhinestones.«

»Ah«, alle drehten ihre Köpfe. Es war Svenja, die sprach, »kennt man was von euch?«

Da kippte die Stimmung endgültig.

Die Verben schwängern, betrügen, rausschmeißen, beruhigen und warten, WARTEN! fielen in wilder Reihenfolge, manchmal richtig, manchmal falsch konjugiert.

Etna sah, wie Svenja im Treppenhaus verschwand, und

war schon im Begriff, ihr zu folgen, als sie noch kurz in die Schlüsselschale auf dem grünen Ikea-Möbel griff. Eines der gerahmten Fotos fiel um. Darauf verewigt: zwei Personen, die eine im schwarzen Anzug, die andere im weißen Kleid.

8

Svenja lief über den breiten Weg zwischen den frisch angesäten Wiesen im Schatten der Hochhäuser.

Sie wusste, dass Etna hinter ihr war, hatte aber keine Lust, stehen zu bleiben.

Wie sie das hasste. Solche Auseinandersetzungen, wie sie es hasste, wenn Leute einander anschrien und mit den Händen fuchtelten, ihre Oberkörper nach vorne neigten und die Münder viel zu weit aufsperrten.

Wobei: Hassen war das falsche Wort. Sie hasste es nicht, sie vermied es. Als Kind waren sie so oft umgezogen, dass sie Streitereien einfach zurücklassen konnte. Auch später, mit Jarne, hatte sie sich in all den Jahren nie gestritten.

Warum also musste sie hier diese dumme Frage stellen? Etna hatte sie doch vorgewarnt.

Erst am Eingang zur Tiefgarage wurde sie von Etna eingeholt. *Hey!*, hatte sie gerufen, und Svenja hatte sich umgedreht, wohl wissend, dass sie diesen pubertären, betont genervten Ausdruck im Gesicht hatte, der danach schrie, man solle sie in Ruhe lassen.

Etna ließ sich davon nicht irritieren.

»Hör mal«, begann sie, und Svenja lehnte sich an den Ticket-Automaten, »ich habe nicht gewusst, dass er verheiratet ist. Den Ring habe ich erst jetzt gesehen.«

Svenja antwortete nichts, sie stieß sich vom Automaten ab, nahm die Treppe ins Untergeschoss, blieb vor einem leeren Parkfeld stehen und drehte sich um. »Dann ist Florian der Idiot«, sagte sie.

»Wieso?«

»Na, wenn er den Ehering extra abgenommen hat, bevor er mit dir –«

»Oh, nein. Wir hatten keinen Sex.«

»Wie, ihr hattet keinen Sex?«

Etnas Gesicht wurde rot.

»Ich hatte schon Sex mit ihm«, murmelte sie, »aber das ist Jahre her.«

»Aber du weißt, wie das mit dem Schwangerwerden geht?«

Etna presste die Lippen aufeinander.

»Wir haben also vorhin an Florians Wohnungstür geklingelt«, fuhr Svenja fort, »ihm erklärt, dass du schwanger bist, woraufhin seine Frau *verständlicherweise* davon ausging, dass er sie betrogen hat – und jetzt sagst du mir, dass da seit Jahren nichts mehr gelaufen ist?«

»Das muss ich in Zukunft anders kommunizieren, das ist ein gutes Feedback von dir.«

»Wieso erzählst du mir, dass Florian als Vater infrage kommt, obwohl ihr seit Jahren nicht mehr Sex hattet?«

»Weil er als Vater infrage kommt!«, rief Etna und streckte die Arme aus, »also, *kam*. Ich werde ihn von der Liste streichen. Selbst wenn er anruft und doch noch Interesse hat. Ich werde nicht zulassen, dass mein Kind ständig Reas Visage sehen muss und am Ende noch ihren Sprachfehler übernimmt. Sie kann nicht mal das R rollen, hast du das bemerkt?«

Etna löste ihr Haargummi, bauschte sich die Haare mit beiden Händen auf, sagte: »Du schaust mich an, als ob ich dir was getan hätte!«

Svenja wusste nicht, was sie antworten sollte.

»Ist es so?«, bohrte Etna weiter, »bist du wütend auf mich?«

»Ich bin nicht wütend«, erwiderte Svenja, »nur … verwirrt.«

»Hier«, sagte Etna und führte ihre Zeigefinger an die Stelle, wo die Ohren auf den Kiefer trafen, »wenn es hier angespannt ist, dann bist du wütend.«

Etna machte einen Schritt auf sie zu: »Hier musst du fühlen.«

Svenja hob ihre Hände, um zu verhindern, dass Etna ihr in den Körper drückte. Stattdessen hielt sie ihre eigenen Finger an die geforderte Stelle.

»Und?«, fragte Etna, immer noch viel zu dicht vor ihr.

Svenja presste mit so viel Energie in die Muskelstränge, dass es wehtat.

»Schon angespannt, ja.«

»Dann entschuldige ich mich. Wirklich. Ich habe nicht klar kommuniziert. Das ist mein Fehler. Vielleicht habe ich sogar extra nicht klar kommuniziert. Aber klar kommunizieren ist in meiner Situation gerade echt kompliziert. Deswegen habe ich niemandem etwas vom ersten Schwangerschaftstest erzählt. Ich wollte heute nach dem zweiten Test einfach losfahren und schauen, was passiert. Ich check diese Welt noch nicht, in der ich ein Kind kriegen soll. Mir sind all diese Dinge so fremd. Ich schaffe es ja kaum, eine gute Tochter zu sein, und jetzt soll ich schon Mutter werden? Egal ob Geburtstag oder Weihnachten, ich bin immer die Einzige, die ohne Blumen aufkreuzt, während meine Brüder jedes Mal riesige Sträuße oder zumindest Kuchen dabeihaben. Ich vergesse so viele Dinge! Wenn ich irgendwo eingeladen werde, frage ich nie, ob ich was mitbringen kann. Und wenn ich selber Leute einlade, dann koche ich garantiert etwas mit Birnen, und dann mag jemand keine Birnen und sagt, *aber du weißt doch, dass ich keine Birnen mag*, und dann denken alle, dass ich ihnen nicht zuhöre, dass sie mir nicht wichtig sind.«

Etna hielt ihre Handflächen aneinander. »Stell dir vor, ich habe in der Neunten mit Leo Schluss gemacht, weil ich es nicht auf die Reihe gekriegt habe, vor den Frühlingsferien das Guthaben auf meinem Handy aufzuladen! Ich war zwei Wochen mit meinen Eltern in der Toskana und konnte ihm zwei Wochen lang nicht schreiben. Ich hatte die ganze Zeit so ein schlechtes Gewissen, dass ich am ersten Schultag Schluss gemacht habe, unten bei den Fahrradständern. So viele Menschen sind schon aus meinem Leben verschwunden, weil ich meine Termine nicht im Griff habe und generell vergesse, was im Leben anderer läuft. Und genau darum brauche ich einen Vater für das Kind. Einen, der es liebt – natürlich! –, aber auch einen, der sich merkt, wann die Elternabende sind, der sich Weihnachtsgeschenke überlegt und der kontrolliert, ob die Sachen vom Schwimmunterricht zum Trocknen aufgehängt wurden. Mein Kind hat keine Wahl! Es hat mich als Mutter, und wenn es nur mich als Mutter hat, dann kann es nicht einfach sagen, *die ist mir zu verpeilt*. Darum braucht das Kind auch einen Vater. Und der leibliche kommt dafür unter keinen Umständen infrage.«

Irgendwo sprang ein Auto an, schwere Reifen setzten sich in Bewegung. Zwei Scheinwerfer näherten sich, fuhren an ihnen vorbei.

Plötzlich kam Svenja der Geruch nach Urin und Metall in den Sinn, die glänzenden Wände des Stadt-WCs, der Test in ihren Händen. Wie lange hatte sie nicht mehr daran gedacht? Und: Wie würde ihre Welt jetzt aussehen, wenn der Test damals positiv gewesen wäre?

Etna zog einen Schlüssel aus der olivgrünen Jacke, an dem ein großer #*vanlife*-Anhänger angebracht war.

»Ich bring dich zum Bahnhof, Leo wartet sicher schon«, sagte sie.

Stimmt, Leo.

Leo hatte sie nie was davon erzählt. Weder vom Test noch von der Angst.

Etna setzte sich in Bewegung.

»Falsche Richtung«, rief Svenja ihr zu, »zum Auto geht's da lang.«

Etna hielt den Schlüssel hoch: »Wir nehmen Florians Van.«

»Du willst sein Auto stehlen?«

»Ein bisschen ist es auch mein Van, ich habe den ganzen Unterboden ausgeschliffen. Von daher kann ich den gut ein, zwei Tage ausleihen. Ich bringe dich zum Bahnhof und fahre dann weiter Richtung Jura. Dort wartet der nächste Kandidat.«

Etna drückte einen Knopf auf dem Autoschlüssel. Ein paar Meter weiter sprangen die Rücklichter eines weißvioletten Vans an.

Just married stand auf der Rückscheibe.

»Damit müssen wir wohl leben«, sagte Etna und zog die Fahrertüre auf.

Svenja wischte sich mit dem Handrücken über die Stirn, obwohl da kein Schweiß war, sagte: »Das schaffen wir«, und stieg ein.

Die Sache mit dem Test

Für ihren Urin hatte sich Svenja bisher nie wirklich interessiert. Er war mal sattgelb, mal fahlgelb, und Spargel konnte sie so viel essen, wie sie wollte, der Geruch blieb gleich.

Das erste Mal, dass ihr Urin ins Zentrum rückte, war kurz nach ihrer Rückkehr aus Costa Rica: Frauen – das lernte Svenja an einem Freitagnachmittag im kalten deutschen Winter –, Frauen interessierten sich dann für ihren Urin, wenn die Menstruation ausblieb.

Und genau das war bei ihr passiert.

Sie hatte darauf bestanden, dass niemand sie am Flughafen abholte, weil sie hoffte, ganz anonym in einer der Airport-Apotheken einen Schwangerschaftstest kaufen zu können.

Natürlich hatte niemand auf sie gehört. Sie landete am Sonntagnachmittag, ihre ganze Familie war zwei Stunden Zug gefahren, um am Gate auf sie zu warten. Svenja hatte die Hände zu Fäusten geballt, als sie, flankiert von ihren Schwestern, die riesige Apotheke kurz vor dem Terminalausgang passierte.

Ihre Periode hätte spätestens einen Tag vor Abflug einsetzen sollen.

Es konnte ja eigentlich nicht passiert sein.

Sie hatten verhütet, Leo war kein großer Trinker, er war also immer genügend zurechnungsfähig gewesen, um ein Kondom korrekt anzuwenden.

Klar, es hatte diese eine Nacht am Strand in Jaén gegeben, als alle anderen der Sprachschule bereits schlafen gegangen waren. Am Strand hatte es nur wenig Licht, dafür viel Sand gegeben. Aber auch da hatte sie nichts bemerkt, falls man einen Riss in einem Kondom überhaupt bemerken konnte.

Den Schwangerschaftstest kaufte Svenja ein paar Tage später in der Stadt an einem Snack-Automaten, spät am Abend, als niemand weit und breit zu sehen war.

Mit dem Test in der Tasche fühlte sie sich plötzlich sicherer. Nein, es konnte nichts passiert sein, das würde der Test ihr zweifelsfrei bestätigen.

Trotzdem wartete sie noch ab. Am Morgen wachte sie viel zu früh auf, was sie auf den Jetlag schob, ihre erste Bewegung bestand darin, unter der Bettdecke einen Finger in die Vagina einzuführen, um zu sehen, ob Blut dran klebte, was auch an den zwei darauffolgenden Morgen nicht der Fall war.

Sie vermisste Leo.

Und gleichzeitig wurde ihr bewusst, dass sie auf keinen Fall schwanger sein wollte.

Ihre Freundinnen kamen zu Besuch und fragten, wie es gewesen sei, ob ihr die Zeit weg von Jarne gutgetan habe.

Svenja erzählte mit rotem Gesicht und verkniffenem Lächeln, dass sie jemanden kennengelernt habe, einen Schweizer – und spürte, wie sie erschrak, als sie in ihrem Kopf den Satz mit »und vielleicht bin ich schwanger« beendete.

Sie suchte online nach Wohnungen in der Schweiz, nach Jobs in der Schweiz, erkundigte sich über Aufenthaltsbewilligungen und Zugpreise und Elternzeit in der Schweiz.

Leo schrieb regelmäßig, fragte, ob sie die Hängematte,

die sie gemeinsam auf dem Markt in San José erstanden hatten, bereits ausprobiert habe.

Er wollte noch drei Wochen länger bleiben. Wenn er schon mal da sei, wolle er noch Panama machen, Nicaragua machen.

Er schickte Fotos, fragte, wie es ihr ging, schrieb, dass er sich darauf freue, sie bald in Europa wiederzusehen.

Am Freitag hielt sie es nicht mehr aus.

Sie trank einen halben Liter Wasser, fuhr in die Stadt, suchte sich eine öffentliche Toilette und sperrte sich ein.

Der Test war billig gewesen, auf der Packungsbeilage stand, er sei absolut zuverlässig.

Svenja zog die Hose runter und versuchte, ohne den Chromstahl der Toilette zu berühren, auf den Test zu pinkeln.

Sie spürte, wie ihre Hand warm wurde, Urin musste wohl auch eine Temperatur von 36 Grad haben.

Sie legte den Test gut sichtbar auf den Spülkasten und stellte den Timer auf fünf Minuten.

Es war noch früh am Morgen, nicht gerade die Zeit, in der öffentliche WCs oft gebraucht wurden.

Der Boden bestand aus dünnen Metallstreifen, die wabenartig aufeinander zuliefen und sich nach einer kurzen Berührung gleich wieder voneinander entfernten.

Ein schlechtes Gewissen machte sich in ihr breit, weil sie eine öffentliche Toilette für mehr als fünf Minuten blockieren musste. Sie schob den Gedanken beiseite. Diese Toilette gehörte jetzt ihr, und fertig.

Gestern hatte sich Jarne gemeldet, zum ersten Mal seit Weihnachten, um zu fragen, ob sie mal wieder im Kosmos was trinken gehen sollten. So was wie *nur als Freunde* hatte er nicht hinzugeschrieben, Svenja war auch so klar, dass da nichts mehr sein würde. Und trotzdem kam ihr ausgerechnet jetzt Jarnes Gesicht in den Sinn – das freudige, offene, nicht das verschlossene ganz zum Schluss – und wie es sich nach den Worten *Ich bin schwanger, wir kriegen ein Kind* verändern, wie er lächeln würde, vielleicht ein wenig Angst hätte, aber sie nicht zeigen würde, weil da nun diese neue Aufgabe war.

Sie versuchte mit Leos braunen Augen die blauen von Jarne zu verscheuchen, aber es gelang ihr nicht. Also griff sie nach ihrem Handy und knipste den Bildschirm an. Das Gruppenfoto vor der Sprachschule leuchtete auf: Alle lächelten in die Kamera, nur Leo lächelte Svenja an.

Die Zeit war um.

Svenja schaute hin, der Test war negativ.

Sie griff nochmals zur Packungsbeilage, atmete aus und ein und verglich die Streifen auf dem Test mit der abgedruckten Tabelle.

Negativ.

Er war negativ.

Leo erzählte sie nichts davon.

Nie.

Auch sonst niemandem.

Sie schämte sich. Weil sie sich so verrannt hatte, weil sie an Jarne hatte denken müssen.

Wenig später kam zuerst ihre Periode, dann Leo auf Besuch.

Sie traf sich nicht mit Jarne im Kosmos, und bald darauf öffnete sie wieder die gleichen Tabs: Wohnungen in der Schweiz, Jobs in der Schweiz, Aufenthaltsbewilligungen, Zugpreise.

9

Das Schild *Bahnhof* tauchte beim ersten Kreisel auf. Svenja schaute dem Metall hinterher, bis es aus ihrem Blickfeld verschwand. Sie nahmen die Kreiselausfahrt, die sie weiter in den Westen bringen würde.

Neben ihr trat Etna aufs Gaspedal, wechselte in den höheren Gang. Svenja drückte wieder auf die Stelle zwischen Ohren und Kiefer, spürte die Spannung, die da war. Wie lange schon spannten sich die Muskeln in ihrem Körper an, obwohl es keinen Grund dafür gab? Oder gab es einen?

Die Worte flogen Svenja davon, sie löste ihre Finger, wurde gegen die Beifahrertür gedrückt, bis Etna den Van zwischen zwei Fahrzeugen auf der rechten Spur einfädelte.

Svenjas Hände wollten etwas tun, also legte sie die Finger auf den Spalt, wo die Fensterscheibe im Wageninnern verschwand. Sie ertastete ein Samtband, das wohl dafür sorgte, dass sich die Scheibe widerstandslos hoch- und runterfahren ließ.

Ihre Finger wanderten von der Scheibe zum Handschuhfach, zogen am schwarzen Griff, woraufhin sich das Fach öffnete.

Boxershorts fielen Svenja auf die Knie.

Überrascht musste sie lachen, Etna schaute weiterhin geradeaus.

Svenja schnüffelte an den Shorts.

»Frisch«, sagte sie.

»Ich habe sie einander sogar vorgestellt!«, entgegnete Etna.

Svenja legte die Unterhose zurück an ihren Platz.

»Rea und Florian?«, fragte sie und drückte das Fach wieder zu.

»Ich war ziemlich angetrunken, habe noch einen dummen Spruch gemacht. *Wenn ihr zusammen wärt, wäre Florean euer Shipname.* So was in der Art. Das war im Hirscheneck. Unter der Woche, am Konzert einer mittelmäßigen Funkband. Wir von den Neophytes sind hingegangen, weil wir eine Idee davon kriegen wollten, wie unsere eigenen Konzerte mal aussehen könnten. Ich habe Florian mitgenommen, weil er gerade eine größere Blockade beim Komponieren hatte und Ablenkung brauchte. Seine Ablenkung ist dann ganz offensichtlich Rea geworden. Und jetzt singt sie in einer Band, die Rhinestones heißt, was für ein dummer Witz.«

»Weil Basel am Rhein liegt?«

»Rhinestone bedeutet Strassstein. Sie haben ihre Band nach gefakten Diamanten benannt. Immerhin ist es gut für Florian. Der hätte dazumal liebend gern mehr mit mir zusammengearbeitet, musikalisch, meine ich.«

»Was machen wir eigentlich mit Florian?«

»Wie meinst du?«

»Na, wir sitzen in seinem Van.«

»Ich habe ihm den Schlüssel für mein Auto dagelassen, alles gut. Den Van hat er sowieso von seiner Tante geschenkt bekommen. Er und ich wollten die Innenausstattung neu machen und dann nach Sizilien fahren, den Ätna besuchen. Das war, kurz bevor wir auseinander sind.«

Svenja drehte sich um. Im hinteren Teil des Vans war eine große, grün bezogene Matratze, auf der Etnas Turnsack und Jacke lagen. An jeder Seitenwand gab es zwischen Holzregalen und einer Fähnchenkette ein kleines Fenster. Die Gegenstände waren so verstaut, dass nichts verrutschte: Die Servietten in einem Serviettenhalter, die Teller hinter einer Holzstange. Sogar oben an der Decke waren Gummibänder angebracht, die Schreibhefter und Bikinis an Ort und Stelle hielten.

Ob Florian wohl lange gebraucht hatte, um dieses Projekt von ihm und Etna in eines von ihm und Rea zu konvertieren?

Svenja setzte sich wieder richtig hin. Ihre Hände wanderten nach oben, zogen die Blende nach unten.

Ein kleiner Spiegel kam zum Vorschein, daneben eine angepinnte Karte: *It's just you, me, and the beach.* Unter der Karte lugte ein Fotostreifen hervor, auf dem in vier unterschiedlichen Positionen Reas und Florians Gesichter festgehalten waren.

Svenja drückte die Blende wieder hoch. Die digitale Uhr sprang von 15:59 auf 16:00. Sie hatte unterdessen verstanden, dass sie heute nicht mehr nach Brugg kommen würden. Darum der Van, inklusive grüner Matratze, heute Nacht würden sie hier drin schlafen.

Der Dienstagabend war normalerweise für Leo und sie, für Netflix und im Internet bestelltes Essen reserviert.

Heute allerdings hatte Leo sich abgemeldet, weil er mit seinen Freunden Biken gehen wollte. Er würde sicher nicht vor zehn, elf Uhr abends zurückkommen. So lange hatte Svenja noch Zeit, um eine plausible Erklärung zu finden – für den Verlauf, den ihr Tag genommen hatte.

10

Etna blinzelte rüber zu Svenja, die mit zusammengezogenen Augenbrauen aus dem Fenster schaute.

Gut, dachte sich Etna und griff zwischen den beiden Autositzen blindlings nach hinten. Ihre Hand ertastete den grünen Turnsack, den sie sich letzten Winter aus einer undicht gewordenen Regenjacke genäht hatte. Sie hob ihn ein paar Zentimeter an und ließ ihn die kurze Strecke zurückfallen. Ein dumpfer Ton erklang.

Der Goldbarren war also noch drin.

Kein richtiger, weil nur ein Kilo schwer.

Trotzdem erstaunlich, wie unauffällig Gold sein konnte, wenn man es in einen selbst genähten Turnsack legte: Es nahm wenig Platz ein und roch nach absolut gar nichts.

Dazu ein Lieferschein, der noch viel mehr wog als der Goldbarren.

Darauf ganz unten in der Ecke:

Origin: Vereinigte Arabische Emirate.

Etna legte ihre Hand wieder zurück aufs Lenkrad.

Und dann auf ihren Bauch.

Hier wuchs Leben.

Ohne dieses zusammengegossene Gold, ohne diesen Lieferschein, den sie vor knapp einem Jahr unterschrieben hatte, würde dieses Leben wohl nicht wachsen, dann wären die Dinge anders gekommen. Ohne Social Media wäre es ebenfalls anders gekommen und auch ohne die ausführlichen Artikel, die es zum Thema bereits gab.

Etna erinnerte sich an Alains Gesicht, das sie nur von

seinem Profilbild kannte, an die erste Frage, die er ihr gestellt hatte.

La Suisse, c'est comment?

Zweites Foto

Das Bild zeigt einen Abhang. Zeigt ein Wellblechdach. Zeigt Menschen, fünf an der Zahl, die unter dem Wellblechdach an vier Waschbrettern arbeiten.

Die Pfähle des Wellblechdachs stehen im Wasser. Ein Teich? Ein Fluss? Ein geflutetes Baggerloch? Nicht erkennbar.

Ebenfalls nicht erkennbar: die Gesichter der Menschen.

Die Schatten unter dem Dach lassen alles zerfließen, vielleicht sind es gar nicht fünf, sondern sechs Menschen, vielleicht ist da noch einer mehr auf dem Foto, einer, der mit schlickbedeckten Kleidern hinter einem anderen steht.

Die Waschbretter werden gebraucht, um den Schlick vom Gestein zu trennen. Später wird Quecksilber benutzt, um das Gold aus dem Gestein zu lösen.

Kein Schattenwurf am Bildrand, auch kein Körper, der sich im Wasser spiegelt. Keine, auch nicht indirekte Spur von Alain auf diesem Foto, niemand scheint seine Anwesenheit zu bemerken.

Ob er selber im Wasser stand, als er das Bild geschossen hat? Oder am glitschigen Abhang?

Wie viele solcher Menschengruppen gibt es? Wie groß ist der Abstand von ihnen zum nächsten Wellblechdach? Was geht einem durch den Kopf, wenn man ein kleines, glänzendes Goldstück auf der Handfläche liegen hat?

11

Svenjas Puls nahm keinen Anlauf, er war mit nur einem gedachten Wort ganz oben.

Gewitter.

Was, wenn ein Gewitter käme, heute Abend? Und Leo *Heute lieber doch nicht* in den Gruppenchat schreiben würde? Leo, der mit dem Bike nicht Richtung Bözberg, sondern direkt nach Hause fährt. Leo auf dem Sofa, umgeben von Namenstäfelchen und Sitzplänen, der sich fragt, wo seine Verlobte steckt, der wissen will, ob es ihr gut geht, der anruft, der Fragen stellt.

Svenja zog ihr Handy aus dem Rucksack und schaltete es mit zwei Fingerbewegungen aus. Ihr Gesicht spiegelte sich auf dem nun schwarzen Display. *Wie ehrlich! Du willst nicht, dass der Mann, den du in drei Wochen heiraten wirst, dich erreichen kann.*

Sie warf das Handy wieder in den Rucksack und drückte so stark, dass ihr Fingernagel hell wurde, einen der Knöpfe auf der Armlehne. Die Glasscheibe setzte sich in Bewegung, ohrenbetäubender Lärm war das Resultat. Svenja ließ es geschehen, versuchte, eine Hand aus dem Fenster zu halten, spürte im starken Windzug sofort, dass das keine gute Idee war.

»Geht's noch?«, rief Etna und drückte alle möglichen Knöpfe auf ihrer eigenen Armlehne. Das Fenster fuhr wieder hoch, dafür ging hinten eine Scheibe nach unten. Svenja beobachtete, wie der Stapel Servietten erfasst und Schicht um Schicht nach draußen gesogen wurde.

Etna fluchte laut, auf Deutsch und Englisch, und fand schließlich den richtigen Knopf, damit sich auch das hintere Fenster wieder schloss. Zu spät, vom Serviettenstapel war nur noch der metallene Halter übrig.

»Bei der nächsten Ausfahrt fahren wir runter von der Autobahn, zumindest für ein paar Minuten«, bestimmte Etna, »wir dürfen nicht gleichzeitig durchdrehen. Eine von uns muss immer einen klaren Kopf bewahren, okay?«

Svenja hob abwehrend die Hände.

»Ich mache kein Fenster mehr auf.«

»Ich meine es ernst. Ich bin schwanger, es geht nicht nur um dich und mich, sondern auch um Rolf.«

»Rolf?«

»Na, mein Kind«, Etna zeigte auf ihren Bauch, »das Ding ohne Beine.«

Svenja musste lachen.

»Rolf?«

»Was?«, fragte Etna, »ich kann ja nicht bis zur Geburt immer von dem Ding ohne Beine sprechen. Das wäre gemein.«

»Ja, aber Rolf?«

»Ist doch süß.«

Svenja lachte nochmals, weil es guttat, weil es war, wie ein Fenster aufzumachen.

Sie versuchte, wieder mehr Ernsthaftigkeit in ihre Stimme zu bringen.

»Du weißt also, dass es ein Junge wird?«

»Nein. Das mit Rolf ist ein Provisorium, bis ich mehr weiß.«

»Und wie kommst du auf Rolf?«

»Sozusagen eine Empfehlung meiner Cousine. Ihr Hund heißt Rolf. Es passe auf alles, sagt sie immer. Stell dir einen lauten Schäferhund vor, einen kleinen Chihuahua oder einen grinsenden Labrador – jeden kannst du Rolf nennen, und die Leute finden *Ahh, klar, ein Rolf, macht Sinn.*«

»Und was auf Hunde passt …«

»Fändest du so was wie Charlotta, Julia oder Lisa etwa besser?«

Svenja überlegte einen Moment.

»Sind das nicht alles Lieder von *Hecht*?«

Etna pfiff erstaunt durch die Lippen und meinte, Svenja kenne sich gut mit Schweizer Musik aus, woraufhin Svenja beschloss, ihr nichts von den Nächten zu erzählen, die sie damit zugebracht hatte, Schweizer Lieder, Schweizer Literatur und ganz generell dieses Schweizerdeutsche irgendwie nachzuvollziehen.

Eine Ausfahrt kündigte sich an, Etna spurte aus.

»Wohin fahren wir eigentlich als Nächstes?«, fragte Svenja.

»Berner Jura, direkt hinter dem Chasseral.«

Svenja nickte, freute sich. Die Welschschweiz kannte sie kaum. Dabei empfand sie ein diffuses Solidaritätsgefühl für die Welschen, die auf allen Verpackungen immer erst die zweite Zeile suchen mussten.

Sie ließ sich in den weichen Sitz sinken und nahm die Umgebung wahr, die bewaldeten Hänge, die die Straße links und rechts einfassten, dazu das Grün der Wiesen. Kaum vorstellbar, dass sie eben noch in der Stadt gewesen waren.

Die Straße verlief parallel zu einem schmalen Fluss und zwei hell schimmernden Gleissträngen. Sie mussten sich schon ein gutes Stück westlich von Basel befinden.

»In Saint-Imier will ich zu Julien«, erklärte Etna.

»Ich spreche leider kein Französisch.«

»Ach, das lernst du im Handumdrehen. Und notfalls kann er auch Deutsch.«

»Und woher kennst du ihn? Wieder ein Ex?«

Der Wald rechts wurde von einer steilen Felswand abgelöst, ein rot eingerahmtes Schild kündigte Steinschlaggefahr an.

Kurz überprüfte Svenja, ob ihr Gurt richtig saß, was bei einem Steinschlag wohl nicht viel geholfen hätte.

»Kein Ex-Freund«, antwortete Etna. »Um ehrlich zu sein, habe ich Julien schon länger nicht mehr gesehen. Wir waren zusammen in der Primarschule. Zwei Jahre lang, erste und zweite Klasse.«

»In der französischsprachigen Schweiz?«

»Nein, in Brugg. Das war lustig, er verstand ja kaum ein Wort. Ohne ihn hätte ich diese zwei Schuljahre wohl nicht unbeschadet überstanden.«

»Muss für ihn schwierig gewesen sein.«

»Für mich war's noch viel schwieriger. Ich konnte zwar Deutsch sprechen. Aber schreiben? Andere Geschichte. Während alle in der Klasse längst Sätze und kleine Texte schreiben konnten, musste ich immer noch kontrollieren, in welche Richtung Buchstaben wie d und b schauen. Muss ich auch heute noch, wenn ich nervös bin.«

Eine Industriezone kam näher, flache Gebäude, große Parkplatzflächen.

»Schau«, sagte Etna, »dort steht Aldi. Als Kind hätte ich Aldi gelesen und Albi geschrieben. Oder umgekehrt.«

Svenja sah, wie der Schriftzug am Fenster vorbeizog und dann nur noch im Rückspiegel zu sehen war. Da zog sie die Augenbrauen hoch: Das d war zum b geworden.

Etna musste ihren Blick mitgekriegt haben, denn sie erklärte umgehend: »Das mit dem Spiegeln wird Legasthenikern häufig nachgesagt. Dabei ist's nicht wirklich ein Spiegeln, es ist ja derselbe Buchstabe, nur von der anderen Seite betrachtet.«

Svenja hob ihre rechte Hand und formte mit Daumen und Zeigefinger ein b. Dann dreht sie ihre Hand.

»Interessant«, sagte sie, »du hast die Buchstaben also dreidimensional gesehen? Mal von der einen, mal von der anderen Seite?«

»Möglich, so genau weiß ich das nicht mehr. Außerdem hat mir ja niemand geglaubt, außer Julien. Er war der Einzige, der mich verstanden hat, obwohl wir uns eigentlich gar nicht wirklich verständigen konnten.«

»Deutsch war also nicht seine Muttersprache?«

»Weder Mutter- noch Vatersprache. Seine Eltern waren beide aus der Welschschweiz. Sie zügelten nach Brugg, weil die Mutter für zwei Jahre im Kantonsspital Baden arbeitete. In der Zeit wurde Julien perfekt zweisprachig. Wir haben die Familie in den darauffolgenden Wintern oft in Saint-Imier besucht, so haben wir den Kontakt gehalten, bis ich so zwölf, dreizehn war. Dann kam die Pubertät, wir hatten beide andere Interessen und keine Lust auf Ausflüge mit den Eltern.«

»Und seither hast du ihn nicht mehr gesehen?«

»Vor zwei Jahren habe ich ihn auf Instagram gefunden. Hat mich mehrere Abende gekostet, bis ich endlich sein Profil hatte. Am Anfang wusste ich nicht mal mehr seinen Nachnamen. Darum war die Freude umso größer, als ich endlich fündig wurde und sein Kindergesicht in dem erwachsenen Profilbild wiedererkannt habe. Er ist Chemiker geworden, renoviert aber im Moment gerade ein Haus.«

»Ein Haus? Das wird Rolf sicher gefallen!«

»Dachte ich mir auch. Saint-Imier ist ein wirklich netter Ort: Bunte Häuser, mitten im grünen Jura, die Hänge nicht zu steil, das Licht nie zu grell. Vor zweihundert Jahren war Saint-Imier in ganz Europa bekannt als Zentrum des Anarchismus. Nicht schlecht für einen Ort mit gerade mal fünftausend Einwohnern.«

»Und Julien? Wie ist er?«

»Als Kind war er wie ich. Er wollte immer Schnecken zählen, aber nur die ungeraden. Im Wald grub er Wurzeln aus, um herauszufinden, ob Bäume unten genau gleich aussahen wie oben. Er konnte stundenlang über Insekten und Pilze sprechen. Und da war noch diese Vorführung, auf die wir ganz stolz waren. Ich hatte dazumal eine kleine Ziehflöte, so ein Rohr, wo man oben reinbläst und unten an einem dicken Stift zieht, um den Ton tiefer zu machen – mit dieser Ziehflöte konnte ich Juliens Sprache nachmachen; diese Mischung aus Französisch und Deutsch. Meine Brüder fanden das nervig. Frau Bär, der Julien und ich dieses Kunststück vorgezeigt hatten, musste lachen und meinte, ich hätte ja nicht nur eine gute Nase, sondern auch ein ausgesprochen gutes Gehör für Musik.«

»Julien hat dich zum Jazz gebracht?«

»Zum Jazz kam ich wegen Youtube. Aber stimmt, er hat mich über die Töne zwischen den Tönen nachdenken lassen.«

Wieder fuhren sie an einem Steinschlag-Warnschild vorbei. Svenja schaute nach oben, auf die steile Felswand, die über ihnen frei lag. Und weil sie den Kopf reckte und das große Stahlnetz fixierte, das die Straße sichern sollte, kam es ihr vor, als liefe alles langsamer ab, als würden sie in Zeitlupe unter dem Sicherheitsnetz herfahren. In den stählernen Waben lagen Felsbrocken unterschiedlicher Größe, hell und kantig, und ohne das Netz wären sie auf die Straße gefallen. Es hatte etwas Liebevolles, dieses schützende Netz mit seinen runden Waben, wie es die Steine auffing und umarmte.

Dann, als hätte es die Gefahr nie gegeben, verschwand der Fels wieder unter Bäumen, Blättern und Moos.

Etna nahm die linke Hand vom Lenker, sagte: »Irgendwie finde ich es auch interessant, einen Menschen zu treffen, den man nur als Kind kannte. Ich habe mir in den letzten Tagen oft überlegt, wie er jetzt wohl ist.«

Svenja drückte ihren Oberkörper in den Sitz.

»In die umgekehrte Richtung mache ich das oft. Ich versuche mir Menschen, die ich nur als Erwachsene kenne, als Kind vorzustellen.«

Etna lachte.

»Kannst du das? Mich in deinen Gedanken zu einem Kind machen?«

Svenja kniff die Augen zusammen und stellte erstaunt fest, dass sie sich Etna problemlos als Kind vorstellen konnte: die Haare strubbliger, die Zähne klein und schräg, die Augen weit offen, damit ihnen nichts entging. Einen kleinen Julien konnte sie sich ebenfalls zusammenbasteln: dunkle Haare, ein buntes T-Shirt, dazu schwarze Hosen. Svenja ließ die beiden über den Neumarktplatz rennen und nach Windhunden namens Rolf Ausschau halten. Sie hörte nackte Kinderfüße über rote Pflastersteine laufen, dazu das Plätschern des Brunnens, Väter, die über den Nachwuchs sprachen, Rentnerinnen, die ins Kino wollten, dazwischen zwei rennende Kindergestalten, die bei jedem Richtungswechsel hoch und hell aufschrien.

Ein sprödes Gefühl stellte sich in Svenjas Bauch ein, verstärkte sich sogar noch, während sie Etnas Worten nachhing: zwei Kinder, die sich auch ohne Sprache verstanden, die einander nah waren, aber trotzdem beide ihr Ding durchziehen konnten, die die kleinen Macken des anderen mit natürlichem Respekt behandelten.

Wann war ihr das zum letzten Mal gelungen?

Einfach zu beobachten? Zum Beispiel, wie Leo das Gemüse im Kühlschrank neu sortierte, damit nichts schimmeln würde. Wann hatte sie ihn zum letzten Mal bei diesem Umsortieren beobachtet, ohne sich dabei zu denken, dass das doch komplett übertrieben war?

Wo hatte ihre gemeinsame Mitte ein Zuhause? Diesen Ort musste es doch geben, diese Mitte, irgendwo zwischen ihr und ihm, wo all das möglich war: einander zu begegnen, einander zu beobachten, einander zu berühren und zu sagen, heute ist deine Haut trocken, es fallen Schuppen ab.

Svenja kontrollierte: Ihre Kiefermuskeln waren voll angespannt. Aber das konnte doch keine Wut sein? Man konnte doch nicht wütend sein über Gemüse?

»Hängst du immer noch der Vorstellung von mir als Kind nach?«, fragte Etna.

Svenja räusperte sich, sagte: »Es geht um Leo.«

»Um Leo als Kind oder um Leo als Erwachsenen?«

»Jeden Tag schichtet er das Gemüse im Kühlschrank um. Sogar mehrmals am Tag, wenn ihm langweilig ist. Das macht einen echt wahnsinnig! Und meistens tut er das genau in dem Moment, in dem ich was aus dem Kühlschrank nehmen will. Du glaubst nicht, wie mich das nervt! Ständig dreht er Gurken und Zucchetti von einer Seite auf die andere. Was denkt er sich dabei? Das Kühlschrankgemüse entscheidet doch nicht von einer Sekunde auf die andere, dass es jetzt schimmeln will!«

Etna schwieg einen Moment und lachte dann leise.

»Was?«, fragte Svenja und massierte sich die Kiefermuskeln.

»Tut mir leid, ich habe mir nur vorgestellt, wie das Gemüse sich untereinander abspricht. Sagt die Paprika zum Lauch: Soll ich dieses Mal anfangen, oder willst du?«

Svenja verdrehte die Augen.

Etna ließ eine Zwiebel mit hoher Stimme auftreten: »Ich will, ich will! Bei mir stinkt's am schönsten!«

»So meinte ich das nicht«, protestierte Svenja, »es geht nicht ums Gemüse, es geht um Leo. Oder um mich.«

»Wahrscheinlich mehr um dich.«

»Oder um mich und Leo.«

»Das wäre am besten, ja.«

Svenja schwieg einen Moment und fragte dann, wer eigentlich Rolfs Vater war.

Die Sache mit dem Streit

Manche Paare merkten sich, wann sie zusammengekommen sind. Svenja merkte sich, wann sie und Leo ihren ersten Streit hatten. Das war am 23. August, als sie frisch bei ihm eingezogen war. Die roten Zahlen auf Leos Wecker zeigten 22:55 an. Die synchrone Spiegelung der Zahlen passte nicht zu der Unstimmigkeit, die sich im Raum ausgebreitet hatte.

Leo saß auf der Bettkante, Svenja stand vor ihm. Er in Boxershorts, sie in den Kleidern, die sie beim Neophytensammeln trug: eine lange, dünne Hose, darüber ein selbst bemaltes Shirt vom Sommerlager 2001, bei dem sich eine Naht aufgelöst und in ein wirres Fadenknäuel verwandelt hatte.

Svenja sah den Wecker hinter Leo, sah, wie die Anzeige von 22:55 auf 22:56 wechselte, sah, wie Leos Gesicht sich verhärtete, wie er nicht viel sagte, aber das, was er sagte, sehr solide aufbaute, als klaren, raumfüllenden Pfeil, der auf sie zeigte.

Es ging um eine Terminkollision: Leo, der sie beide bei seiner Großmutter angemeldet hatte, Svenja, die am selben Wochenende bei einem Benefiz-Fußballturnier in der Nähe ihrer ältesten Schwester zugesagt hatte.

Es war dumm gelaufen.

Herausgefunden hatten sie es nur, weil Svenja stolz von dem günstigen Ticket erzählt hatte, das sie auf dem Heimweg von ihrer Neophytentour auf der DB-App ergattert hatte.

Leo hatte es sofort realisiert.
Leo hatte sich geärgert.
Leo saß da und sagte *Wir müssen das besser organisieren, so geht das nicht.*
Sie spürte den Pfeil, der auf sie zeigte.
Svenja musste das besser hinkriegen.
Svenja musste regelmäßiger ihre Agenda durchgehen und mehr mit Leo über ihre anstehenden Termine sprechen.
Svenja wollte sich nicht streiten.

Am nächsten Morgen verschob Leo gleich nach dem Aufstehen den Besuch bei den Großeltern.
Er fuhr mit Svenja zum Fußballturnier, wurde sogar kurz eingewechselt und schoss ein Tor.
Svenja trug von nun an alles fein säuberlich in den frisch erstellten gemeinsamen Kalender ein.
Leo und sie besprachen jeden Sonntagabend, was sie für die kommende Woche kochen wollten, was mal wieder gründlich geputzt werden musste, welche Freunde sie schon lange nicht mehr gesehen hatten und einladen wollten.
Terminkollisionen gab es keine mehr.
Sie wurden zum bestorganisierten Haushalt der ganzen Stadt.

12

Etna schwieg und merkte es nicht.

Sie merkte auch nicht, wie sie dem grünen Schild folgte und wieder auf die Autobahn fuhr. All das passierte von selbst, ohne ihr Zutun, so wie man seinen Schlüssel aus dem Schlüsselloch zog oder aufschrie, wenn man beim Balancieren auf dem Gartenzaun ausrutschte.

»Wir müssen auch nicht, wenn du nicht willst«, hörte sie Svenja sagen.

»Hm?«, antwortete Etna ebenso reflexartig und fragte dann, was sie verpasst habe.

Svenja wiederholte ruhig: »Ich habe dich gefragt, wer der Vater von Rolf ist, der biologische, ob du mir das erzählen willst. Aber du musst nicht.«

»Ach so«, antwortete Etna, »die Geschichte ist etwas peinlich. Aber ich sollte üben, darüber zu sprechen, das ist eine gute Idee. Siehst du hinten meine Jacke? Dort ist noch eine offene Packung Snacks drin.«

Svenja beugte sich nach hinten, zog die Jacke nach vorne und musste lachen, als sie die Verpackung aus der Tasche zog.

»Magst du keine m&m's?«, fragte Etna.

»Doch, schon, aber –«

»Bitte sag nicht, dass du dich für die Hochzeit auf Diät gesetzt hast! Ich höre das von vielen Frauen im Schmuckes.«

»Das ist es nicht.«

»Was ist es dann?«

»In Deutschland war ich zwei, drei Jahre im Jugendverein, dort haben wir damit Orakel gespielt. Man stellt eine Frage, zieht blind ein m&m's aus der Packung, und die Farbe gibt dir die Antwort auf die Frage.«

»Du kannst damit also herausfinden, wer Rolfs biologischer Vater ist?«

»Sicher!«, Svenja senkte ihre Stimme zu einem verschwörerischen Murmeln: »Hat Etna Schmied Rolfs Vater auf einer Party kennengelernt?«

Etna hörte, wie Svenja die Verpackung schüttelte, ein m&m's rauszog und einen erstaunten Laut von sich gab.

»Und?«, fragte Etna.

»Braun. Das bedeutet: beschissene Frage.«

»Stimmt. Partys sind nicht so meins.«

Svenja schob sich das m&m's in den Mund. »Nächste Frage: Kennt Etna Schmied überhaupt den Namen von Rolfs Vater?«

Svenja griff in den Beutel und verkündete: »Orange!«

»Orange?«

»Bedeutet: vielleicht.«

»Stimmt. Ich kenne seinen Namen, und ich kenne ihn auch nicht.«

»Wie soll das gehen?«

»Ich nenne ihn Fünfzig.«

»Fünfzig?«

»Die Höhe seines IQs.«

»Bitte?«

»Das war ein Witz.«

Svenja reichte Etna das orange m&m's: »Was ist es dann? Sein Alter?«

»Sein Alter kenne ich nicht.«

»Aber seinen richtigen Namen?«

»Ich kenne seinen richtigen Namen, aber ich habe ihn

unter Fünfzig in meinem Handy gespeichert. Nach dem ersten positiven Test habe ich ihm geschrieben, was los ist, und als ich nach zwei Tagen nichts von ihm gehört habe, habe ich ihn und gleichzeitig neun andere Kontakte in Fünfzig umbenannt: meinen Deutschlehrer aus dem Gymnasium, Florian, Florians Vater, meine Frauenärztin, den nervtötenden Lehrlingsausbilder an der Berufsschule und jeden einzelnen Dozierenden aus dem Jazz-Studium, von dem ich die Nummer noch hatte.«

»Ich verstehe. Ein russisches Roulette, damit du ihn in einem schwachen Moment nicht gedankenlos kontaktierst, aber trotzdem noch seine Nummer hast, für den Fall der Fälle.«

»Das ist die Idee, ja.«

»Nächste Frage«, Svenja schüttelte den Beutel, »hat Etna Schmied Fünfzig während der Arbeit kennengelernt?«

Sie zog ein m&m's raus.

»Farbe?«, fragte Etna.

»Grün, das bedeutet Ja.«

»Wieder richtig. Tolles Orakel.«

»Es war aber nicht ein Kunde im Schmuckes? Jemand, der einen Verlobungsring bestellt hat und den du nach der Arbeit nach hinten in die Werkstatt gezogen hast?«

»Spannende Hypothese. Was sagt das Orakel?«

Svenja schüttelte den Kopf und hielt ihr die Packung hin. »Das musst du machen! Da will ich mir nicht die Finger verbrennen.«

Ohne den Blick von der Straße zu nehmen, fischte Etna ein m&m's aus der Packung.

»Braun«, sagte Svenja, »beschissene Frage.«

»Das wäre auch der Tod für Schmuckes, wenn ich so was tun würde. So eine Geschichte spricht sich in Brugg binnen zwei Sekunden rum, und dann wirst du von allen Omas und Opas, die noch wissen, was Moral und Anstand ist, kollektiv geächtet. Das heißt: keine teuren Ohrringe mehr verkaufen, keine Uhrenrevisionen mehr durchführen, keine Ultraschallbäder und keine Ausdehnungen für fünfzig Jahre alte Eheringe. Ich müsste den Beruf und meinen Namen wechseln, sollte ich jemals sowas tun.«

»Wo war es dann? Bei Schmuckes arbeiten keine Männer, soweit ich weiß.«

»Es war auf einer Messe.«

»Einer Schmuckmesse?«

Etna nickte.

»Ich bin dort hin, weil ich mit anderen Goldschmiedinnen sprechen wollte. Weißt du, ich interessiere mich für den internationalen Goldhandel. Ich wollte mehr darüber erfahren und bin deshalb zwei Tage auf Arbeitszeit nach Basel. Dort findet eine der großen Schmuckmessen statt.«

»Und da lernt man Männer kennen?«

»Und wie! Messen sind die Kloaken des Kapitalismus, das reinste Sodom und Gomorrha. Nach außen hin glänzt alles wie ein frisch eingeölter Hintern, aber in der Halle geht's nur um schneller, höher, teurer, wer verkauft wem am meisten zum furchteinflößendsten Preis. Da werden Gelder hin und her geschoben, Deals gemacht per Handschlag, mit Augenzwinkern, Schulterklopfen. Eklig, kaum aushaltbar. Und es wird gesoffen ohne Ende, alle wollen Sex. Du musst dir diese ganzen Menschen in ihren schicken Anzügen vorstellen, grau, eng anliegend, dazu tadellose weiße Hemden oder Blusen – und in allen Trinkflaschen ist Gin. Gin riecht man nicht. Und jedes Mal, wenn diese Messegeier was verkauft haben, geht bei denen im Körper was ab, so ein Rausch, der wohl nur zu ertragen ist, wenn man dann einen Orgasmus hat, um wieder runterzukommen. Ähnlich wie bei einem Konzert, wenn am Schluss alle applaudieren und man spürt, wie alle einen anschauen und feiern – da ist man auch wie auf Drogen. Der Unterschied ist: Bei einem Konzert haben dieses Gefühl die paar Nasen, die vorne auf der Bühne spielen. Bei einer Messe haben das alle, die ganze Zeit; nonstop explodiert an jeder Ecke bei irgendjemandem die Libido.«

»Und du hast mitgemacht?«

Etna seufzte, nickte.

»Weil du auch so gehypt warst?«

»Weil ich mich am liebsten alle zwei Meter übergeben hätte. Jedes Mal kamen auf meine Fragen die gleichen Antworten: Unser Gold erfüllt alle notwendigen Standards. Wir beziehen ausschließlich Gold mit Nachhaltigkeitslabel. Wie das mit den Kontrollen läuft, können wir Ihnen leider gerade nicht sagen. Oder: Ach, das betrifft uns nicht, wir verwenden nur rezykliertes Gold, bla, bla. Irgendwann hat's mir gereicht. Ich wollte auch lügen, wollte auch so tun, als ob all die Probleme nicht existierten. Ich wurde mit einem höflichen Lächeln abserviert, sobald ich Fragen zu den Minen stellte, zu der Art der Goldextraktion, zu Quecksilber und Zwangsprostitution in den Abbaugebieten. Wobei das noch besser war als diejenigen, die komplett überrascht waren von meinen Fragen, die dann die Kolleginnen herbeirufen mussten, weil bei ihnen noch nie jemand nach der Goldherkunft gefragt hat. Dann kam die Kollegin dazu und lächelte freundlich, so scheißfreundlich haben die alle gelächelt mit ihren tadellos angeordneten Zähnen, und säuseln mir vor, dass Kinderarbeit bei dieser Firma sicher kein Thema sei, man fühle sich zu ethischem Handeln verpflichtet.

Das war alles so surreal, diese Parallelwelt, in der alles

picobello war, in der Gold einfach aus dem Boden spross wie Papayabäume.

Ich wollte diese Freiheit auch haben. Die Freiheit, dass mich das alles nichts angeht, dass da eine Mauer zwischen mir, meinem Leben, und dem Leben der Minenarbeiter ist.

In diesem Zustand habe ich Fünfzig kennengelernt, kurz vor Messeschluss, an einem der luxuriösesten Stände. Ich war schon gut angetrunken, er sah nett aus, schwafelte etwas von einem Pilotprojekt in Ecuador, von nachhaltigen Abbaumethoden, die auch ohne Quecksilber auskommen würden, wenn die Arbeiterinnen im artisanalen Sektor endlich mal genügend Geld in die Hände nehmen würden, um auf solche nachhaltigen Abbaumethoden umzustellen.

Ich habe geantwortet, dass vieles einfacher wäre, wenn die Leute in den Abbaugebieten endlich mal aufhören würden, arm zu sein. Und er hat mir zugestimmt, fand es *charmant*, dass ich mich mit *der Thematik* auseinandersetzte, hat nicht gecheckt, was ich ihm eigentlich hatte sagen wollen.

Er füllte zwei Champagnergläser, ich schwamm mit, wollte so frei sein wie all die anderen schicken Messegeier, wollte nur an mich und den nächsten Adrenalinschub denken und an nichts anderes.

Also waren wir frei, hatten Sex, guten Sex, gerade im richtigen Maß angetrunken, und er hat sich die Freiheit genommen, mir nicht zu sagen, dass dabei das Kondom gerissen ist. Er ist aus dem Bad zurückgekommen, als ob alles okay wäre, hat sich auf die Bettkante gesetzt und mir was von der nächsten Messe in Barcelona erzählt, wo noch viel mehr Aussteller seien und noch viel größere Deals zustande kämen.

Wir haben Nummern getauscht, falls ich nach Barcelona kommen wollte – als ob. Vier Tage nach der Nacht im Hotel hat er mir geschrieben. Vier Tage! Direkt danach hätte es Sinn gemacht, oder wenn er sich gar nie mehr gemeldet hätte. Aber vier Tage später? Da war's schon zu spät. Die Pille danach bringt nicht mehr viel, wenn bereits so viel Zeit vergangen ist. Darum ist er in meinem Handy unter Fünfzig abgespeichert. Er hat fünfzig Prozent der Gene beigesteuert. Mehr nicht.«

Etna atmete lange aus. So also klang die Geschichte, wenn sie laut ausgesprochen wurde.

Ein Raststättenschild tauchte auf, sie setzte den Blinker.

»Hier bin ich also«, schloss sie, »mit dem weltschlechtesten Händchen für Männer – Leo natürlich ausgenommen. Rolf braucht einen besseren Vater als Fünfzig. Einen, der ihn begleitet auf dem Weg zu einer vernünftigen, erwachsenen Person. Einen, der menschenunwürdige Zustände nicht *die Thematik* nennt oder Frauen als *charmant* abklatscht, wenn sie intelligent sind. Einen, der weiß, was ein gerissenes Kondom bedeutet, und sich nicht einfach wegduckt. Willkommen in meinem Leben. Was meinst du dazu?«

Svenjas Worte kamen schnell und laut.

»Dieser Typ macht mich so wütend«, sagte sie, »und bitte, sag das nie mehr, mit dem schlechten Händchen. Streich das aus deiner Geschichte und deinem Denken! Das hat doch nichts mit schlechtem Händchen zu tun! Ihr hattet einvernehmlichen Sex, klar kann da immer was passieren, dieses Risiko geht man ein. Aber gleichzeitig ist man der anderen Person gegenüber verpflichtet, über gewisse Dinge ehrlich zu sprechen – wie zum Beispiel bei einem gerissenen Kondom. Und zwar sofort! Nicht vier Tage später. Das ist doch Körperverletzung.«

Etna ließ den Wagen auf den großen Parkplatz rollen, der sich zwischen der Autobahn und einem Waldstück breitmachte. Sie zog schnell Luft durch die Nase, roch diesen neuen Geruch, der von Svenja ausging; hart wie ein dünner Wasserstrahl, der sich einen Weg durch dicken Fels gebahnt hat.

»Er macht mich auch wütend«, antwortete Etna. »Diese Wut ist da, und ich weiß noch nicht, was ich mit ihr machen soll. Zuerst will ich für Rolf und mich schauen. Rolf hat ein gutes Leben verdient, und ich auch.«

»Warum suchst du denn keinen Partner für dich? Einen, der mit dir zusammen sein will und gleichzeitig Lust hat auf diese Vaterrolle?«

»Das habe ich mir auch überlegt. Die Antwort ist ganz einfach: Ich will Rolf Stabilität bieten. Wenn ich einen Partner für mich suche – was ist, wenn der genug von mir hat? Oder ich von ihm? Was ist, wenn Rolf ihn dann als Vater behalten möchte, aber ich ihn nicht als meinen Partner? Darum suche ich bewusst einen Vater für Rolf. Ich denke nicht, dass jemand, wenn er sich mal auf Rolf eingelassen hat, plötzlich sagt, dass er jetzt ein anderes Kind gefunden habe, das ihn mehr interessiert, und er deshalb eine Pause brauche.«

Etna zog den Schlüssel aus dem Zündschloss und ließ ihren Kopf erleichtert an die Kopflehne sinken. Es tat gut, mit Svenja zu sprechen. Was für ein glücklicher Zufall, dass ausgerechnet sie hier neben ihr saß.

Etna beobachtete aus dem Blickwinkel, wie Svenja sich am Kinn kratzte. Vielleicht war es gar kein Zufall, vielleicht suchte auch Svenja etwas? Am Ende sogar das Gleiche wie sie? Einen Vater für ihre Kinder? Svenja drehte sich abrupt zu ihr.

»Warum eigentlich ein Mann?«

»Hm?«

»Na, deine Vatersuche. Wenn du sowieso weit außerhalb

der Norm unterwegs bist, wieso bleibst du ausgerechnet bei diesem Punkt so traditionell? Warum willst du das klassische Bild von Mutter, Vater, Kind?«

»Hm«, machte Etna noch mal.

Darüber hatte sie noch nie nachgedacht. Warum eigentlich ein Mann?

Svenja schaute sie erwartungsvoll an. Etna machte den Motor wieder an, fuhr rückwärts aus der Parklücke und folgte im Schritttempo den lang gezogenen Pfeilen zwischen den Parkfeldern. Ihr Denken kam wieder in Gang. Der Lieferschein tauchte auf. *Origin: Vereinigte Arabische Emirate.* Sie spürte wieder, was dieser Zettel in ihr losgetreten hatte, musste an die Dokus denken, die sie geschaut, die UNO-Berichte, die sie ausgedruckt und in einem Mäppchen abgelegt hatte. Sie dachte an die Fotos, die Alain ihr geschickt hatte, und daran, was sie tun wollte: Dafür sorgen, dass es auf dem Goldmarkt faire Produktionslinien gab, die diesen Namen auch verdienten. Von den Minen bis zur Goldschmiedin. Dann könnte man den fertigen Eheringen eine Karte beilegen, mit einem Foto der Menschen, die das Gold gewonnen, extrahiert und geschmiedet hatten.

Sie dachte an die vielen NGOs, an lokale Gruppen, die sich gegen Schürflizenzen wehrten, an Aktivistinnen, die die Wasserqualität regelmäßig prüften, an die parlamentarischen Vorstöße hier in der Schweiz, an die ganze Arbeit, die Menschen vor ihr schon geleistet hatten, und an das Gefühl, das über alldem lag: dass man was erreichen konnte, wenn man sich voll und ganz reinkniete.

Sie dachte an die Vorstellung eines Rolfs, der stolz wäre auf das, was sie erreicht hat, der irgendwann realisieren würde: Meine Mutter hat nicht weggesehen.

Hier war der Ursprung.

Der Kern der Sache.

Wie sollte sie als alleinerziehende Mutter weiter am Kampf für faires Gold arbeiten? Alleinerziehende hatten das höchste Armutsrisiko. Und *Geld*armut hieß insbesondere auch *Zeit*armut. Aber genau diese Zeit brauchte sie, um etwas zu bewirken.

Ein Kind hingegen brauchte alles, was man geben konnte. Dieses alles hatte sie bereits Alain versprochen, damit im Goldhandel endlich jeder Mensch ein gleiches Anrecht auf einen guten und sicheren Arbeitsplatz haben würde. Alain wusste, wie viel vor Ort bereits unternommen wurde und wo noch große Baustellen waren. Jedes Mal, wenn sie an ihn dachte, sah sie das Ziel so klar vor Augen wie die Trompete am Grund des Hallwilersees, sie musste nur einen genügend langen Atem haben.

Klar wollte sie das Kind so oft wie möglich sehen. Sie wollte erleben, wie seine Augen umherschauten und an ihr hängen blieben, weil es verstand, dass sie seine Mutter war. Sie wollte erleben, wie es seine Ärmchen ausstrecken würde, einfach so, aus Freude, sie wollte erleben, wie es war, nachts ständig aufzuwachen, während diese Ärmchen größer wurden. Jedes Jahr würde sie ihm ein Bilderbuch zusammenstellen, mit Fotos von ihnen beiden im Park, im Zoo, im Zirkus oder auf einer Schiffstour. Neben die Fotos würde sie die Plakate der Anlässe einkleben, die sie organisieren würde, um möglichst viele Menschen über den Goldhandel aufzuklären, und dazuschreiben: Schau, das ist deine Mama in der UNO in Genf. Sie hat dort einhunderttausend Hände geschüttelt, aber dabei immer an deine zehn kleinen Finger gedacht.

Später, wenn Rolf in der Schule einen Vortrag über die Berufe seiner Eltern halten müsste, würde er von ihren Reisen und diplomatischen Gesprächen erzählen, er würde über das Gütesiegel sprechen, das sie eingeführt hatte. Am Schluss seiner Präsentation würde er ein Bild von sich und ihr im Park zeigen.

An Weihnachten und Ostern würden sie alle zusammenkommen. Rolf, Etna, Rolfs Vater, vielleicht würde Rolfs Vater noch mehr Kinder haben, mit einer anderen Frau, sodass Rolf wahnsinnig viele Geschenke auspacken müsste.

All das hatte sich als Bild, als Vision in ihr verfestigt. Aber warum war dieser zweite Elternteil von Anfang an ein Mann gewesen? Warum hatte sie nie daran gedacht, Freundinnen zu fragen?

Sie erinnerte sich an die Geburtstage und Weihnachtsfeiern mit ihrer Familie. Früher hatte es da keine Blumensträuße oder selbst gebackene Kuchen gegeben. Die gab es erst, seit Pompei und Cäsar Freundinnen hatten. Wie war das gekommen? Hatten ihre Brüder diese Mitbringsel bei ihren Freundinnen in Auftrag gegeben? Oder sind Katja und Michelle einfach davon ausgegangen, dass man das von ihnen erwartete?

Hieß das etwa, dass eine Frau sich all die Dinge besser würde merken können? Blumeneinkäufe für wichtige Feste? Nachimpftermine? Die Namen von Rolfs besten Freunden?

Etnas ganzer Verstand wehrte sich dagegen. Das eine hatte doch nichts mit dem anderen zu tun. Pompei und Cäsar können selbst Blumensträuße kaufen, wenn ihnen das wichtig ist. Mit diesen Rollen konnte man doch spielen, man konnte sie aufbrechen, sich frei fühlen.

Fünfzig aber hatte etwas getan, was nur ein Mensch mit Penis tun konnte. Er konnte sich aus dem Staub machen, denn Rolfs Körper steckte nicht in seinem Körper.

Vielleicht wollte sie darum einen Vater für Rolf. Weil sie

das Gefühl nicht loswurde, dass die Männer – die Männer als Ganzheit – ihr etwas schuldig waren.

Etna entdeckte einen Parkplatz mit Baumschatten und lenkte den Van ordentlich zwischen die weißen Linien.

»Es würde mich ärgern«, sagte sie mit fester Stimme, »wenn eine Frau in die Lücke springen müsste.«

Drittes Foto

Flüssiges Metall in einer PET-Flasche, umfasst von einer Hand ohne Handschuh. Die Hand durchzogen von Furchen, das Metall ohne Makel, keine Delle in der Oberfläche, nur die Spannung einer silbrigen Reinheit.

Auf dem staubigen Boden ein Fuß in einem Turnschuh. Vielleicht hält Alain selbst die Flasche, gefüllt mit dem flüssigen Quecksilber.

Alain schreibt zum Bild, dass die Oberfläche von Quecksilber sich gegenteilig zu Wasser krümmt. Er habe in Chemie nie gut aufgepasst, aber seine Mutter wüsste die Fachbegriffe für diese spezielle Krümmung bestimmt.

Von Alain kommt auch der Link zu einer Webseite.

Quecksilber verdampft bereits bei Raumtemperatur und lagert sich im Körper ab, bei jedem Kontakt wird es ein bisschen mehr.

Die Folgen einer chronischen Quecksilbervergiftung sind:

- Entzündungen und Geschwüre der Mundschleimhaut
- Dunkler Saum am Zahnfleischrand
- Juckreiz
- Psychische Symptome: Reizbarkeit, Stimmungsschwankungen, Konzentrationsschwäche, Schlafstörungen, Depression, Psychose
- Bei Schädigung des Zentralnervensystems: Zittern, Sprachstörungen, Sehstörungen, Hörstörungen

- Gewichtsverlust
- Atemschwierigkeiten
- Nierenschäden: geringe Harnmenge bis gar keine Harnproduktion mehr

13

Der Parkplatz war groß, aber außer einem WC-Häuschen, einem Automaten mit Getränken und einem mit Hygieneartikeln gab es hier nicht viel. Die Gestaltung der Picknickzone wirkte überaus ambitionslos. Nicht mal die wärmende Sonne, die die Schatten der Betonbänke und Betontische in die Länge zog, konnte etwas daran ändern.

Etna führte Münze um Münze in den Kaffee-Automaten und stellte zuerst die eine, dann die andere Emailtasse darunter.

»Geht aufs Haus«, sagte sie, als der Automat fertig war.

Wind kam auf, zog über die umliegenden Felder, verfing sich in Etnas olivgrüner Jacke.

Sie setzten sich an einen der Tische, stellten ihre Kaffees mit einem *klonk* auf die raue, mit Fettflecken übersäte Tischfläche.

Plastikbecher hatten sie keine gebraucht – einer der Vorteile, wenn man mit einem gestohlenen Van unterwegs war, das musste auch Svenja zugeben.

Sie berührte den schwarzen oberen Rand der Emailtasse und zog die Finger gleich wieder zurück.

»Heiß«, murmelte sie, griff stattdessen nach dem Henkel und drehte die Tasse, bis der schnörkelige Schriftzug vor ihr auftauchte: *Mr Bernasconi* stand da, um die Buchstaben herum ein Kreis, an dem feingliedrige Blümchen hingen. Svenja wusste, dass diese Art Blumenarrangement, das als Ersatz für den klassischen Brautstrauß in Mode war, einen Namen hatte. Aber der war ihr bereits in dem Moment wieder entfallen, als die Floristin die nächste Seite in ihrem Hochzeits-Portfolio aufschlug. Später am Abend hatte Leo Witze gemacht: Wenn du diesen Blumenstrauß-Ring rückwärts in die Gästeschar wirfst, müssen die ihn dann mit den Händen oder mit dem Kopf auffangen? Das fand er lustig, und der Gedanke brachte ihn auf die Idee, während des Apéros ein paar Spiele für die Kinder anzubieten.

Etna beugte sich vornüber und blies die Dampfkringel über ihrer Mrs-Bernasconi-Tasse weg. Dann griff sie nach der m&m's-Packung, schob sich ein Beschissene-Frage-Schokostück in den Mund und kippte es mit einem großen Schluck Kaffee runter, als wäre es Medizin.

»So kitschig, das alles«, murmelte Etna, als sie die Tasse wieder hinstellte, »manchmal frage ich mich, wie Hochzeiten aussähen, wenn Männer sie planen würden.«

Svenja winkte ab: »Leo und ich sind nicht so.«

»Wie, nicht so?«

»So, dass ich alles bestimme und gleichzeitig durchdrehe, weil ich nur diesen einen Tag habe, um all meine Mädchenträume auszuleben.«

»Aber bei den meisten Paaren ist es dann trotzdem die Frau, die findet, dass ihr die Hochzeit mehr am Herzen liegt und sie deshalb auch mehr Einsatz zeigen muss.«

»Das mit der Hochzeitsfeier war Leos Idee. Mir hätte Standesamt plus ein paar Fotos in schicken Kleidern gereicht. Er mag das ganze Brimborium. Wenn wir bei seinen Eltern sind, spricht er nonstop über die Hochzeit. Die Einladungskarte hat er von Hand gezeichnet, Edelkastanien, weil wir beide Pflanzen mögen: ein geöffneter Fruchtbecher mit zwei Nüssen drin.«

»Also nicht so was wie das hier?«, fragte Etna und nickte zu den Blumenarrangements auf den zwei Tassen.

»Ach, das ist copy-paste von Pinterest. Wenn du genau hinschaust, erkennst du sogar Goldruten in der Zeichnung. Das sind hoch invasive Neophyten. Kommen ursprünglich aus Nordamerika und breiten sich hier ungebremst aus.«

»Wie die Idee für solche Mr.-Mrs.-Tassen.«

Svenja nahm eins, hielt es hoch und sagte: »Wusstest du, dass man sogar m&m's für Hochzeiten bedrucken lassen kann? Dann stehen die Initialen auf der einen Seite, und auf der anderen ist das Hochzeitspaar in Miniatur aufgedruckt.«

Etna kniff die Augenbrauen zusammen: »Dann kauen die Gäste an den Köpfen von Braut und Bräutigam rum?«

»Diese Dinge bekommen plötzlich Sinn, wenn man selber eine Hochzeit plant.«

»Bedruckte m&m's bekommen Sinn?«

»Man braucht halt ein Give-away.«

»Braucht man?«

Svenja spülte sich das m&m's ebenfalls mit Kaffee runter und erklärte: »Ab dem Moment, in dem du allen erzählst, dass du heiratest, wirst du solche Dinge gefragt. Wie wechselt ihr zwischen den Locations? Was ist euer Schlechtwetterplan? Traut ihr euch mit Liebesschwur? Und – eben – was ist euer Give-away? Meistens hängen sie dann gleich noch eine Empfehlung an: Macht euch ja nicht zu viel Arbeit mit den Give-aways, wir haben ja stundenlang gebastelt und geleimt, und dann hat's die Hälfte der Gäste nicht mal mitgenommen.«

Etna griff ein paarmal in die Packung, bis sie ein m&m's jeder Farbe auf dem Tisch liegen hatte, und formte eine Art Regenbogen um einen der Fettflecken.

»Wie habt ihr euch eigentlich kennengelernt? Du und Leo?«

Svenja zögerte. *Wie hat es dich in die Schweiz verschlagen?* war eine Frage, die sie oft hörte, wenn sie auf neue Menschen traf. Und wenn sie *der Liebe wegen* antwortete, war das die nächste Frage: Wo habt ihr euch denn kennengelernt?

Svenja streckte ihren Rücken durch, hob die Arme in die Höhe, sodass es zwischen ihren Schulterblättern knackste.

Sie hatte sich längst eine passende Antwort zurechtgelegt. Oft war sie froh um die Frage, weil es ein ergiebiges Small-Talk-Thema war: *Was? In Costa Rica? Verrückt.* Die Reaktionen waren immer gleich und somit angenehm vorhersehbar.

Aber darauf kam es jetzt nicht an. Sie wollte an den Anfang zurück.

»Willst du die unromantische Version?«, fragte sie.

Etna richtete ihren Oberkörper auf, griff nach der Emailtasse.

»Klar.«

»Also unromantisch?«

»Unromantisch, ja.«

»Wir haben uns vor drei Jahren in Costa Rica kennengelernt.«

Etna stöhnte auf.

»Du kannst doch nicht eine unromantische Geschichte ankündigen, und dann mit *Es passierte vor drei Jahren in Costa Rica* anfangen! Erster Kuss am Strand bei Sonnenuntergang? Mit Früchtesmoothie in der Hand?«

Svenja verneinte. »Der erste Kuss war an einer größeren Straßenkreuzung mitten in der Hauptstadt. Ohne Smoothie, ohne Strand. Das wirklich Unromantische aber war, dass ich beim Küssen daran dachte, dass Jarne das mit der Zunge besser gekonnt hatte.«

Etna zog Luft zwischen den Zähnen ein.

»Dein Ex?«

»Elf Jahre Beziehung – so was nennt man nicht einfach Ex.«

Etna schaute sie durchdringend an, Svenja wich aus. Sie zog das orange m&m's aus Etnas Regenbogen und legte es direkt an die heiße Metallwand der Emailtasse.

»Die Trennung war der Grund, warum ich nach Costa Rica bin. Ich wollte über Weihnachten nicht allein bei meinen Eltern rumsitzen, während meine Schwestern mit ihren Typen Händchen halten.«

»Wer hat sich denn von wem?«

»Schwer zu sagen. Er hat uns in eine Situation gebracht, in der klar war, dass die Beziehung so keinen Sinn mehr machte, weil wir kaum noch Zeit füreinander hatten. Darüber reden wollte er nicht. Also habe ich es zuerst gesagt: *Dann müssen wir uns eben trennen*. Eigentlich nur, um ihm zu zeigen, dass wir jetzt wirklich, wirklich überlegen müssen, wie wir die Weichen anders stellen können. Aber als ich den Satz gesagt hatte, war seine Antwort *Denke ich auch* gewesen. Ich wusste nicht mehr, was sagen, denn da war ziemlich viel Erleichterung in seinen Augen gewesen.«

Das m&m's hatte neben der heißen Tasse seine Form verloren, die Schokolade rutschte an der Emailwand nach unten.

Etna räusperte sich. »Schon hart, irgendwie, dass du fürs Reden bestraft wurdest. Du wolltest ein Gespräch, und er hat den ersten Satz benutzt, um sich aus dem Dialog zu verabschieden.«

»Es wurde ein verdammt langer Monolog, ja. Noch nie

vorher wollte jemand so konsequent aus meinem Leben raus. Den Flug nach Costa Rica habe ich gebucht, nachdem er seine restlichen Sachen aus der Wohnung geholt hatte. Das war das letzte Mal, dass ich ihn gesehen habe. Am ersten Weihnachtstag reiste ich ab, da sind die Flüge am günstigsten. Leo musste sich das Gleiche gedacht haben, Hauptsache, günstig fliegen, Weihnachten hin oder her. Ab Atlanta waren wir im selben Flieger und tags darauf die beiden einzigen Neuankömmlinge in der Sprachschule. Sowieso war komplett low-season, wir waren vielleicht zehn, fünfzehn Personen, der größte Teil davon aus der Schweiz. Und single.«

»Sind Sprachschulen nicht generell eine Art Tinder für Gutverdienende?«

Svenja hob die Tasse, schleckte die flüssige Schokolade ab, sagte dann: »Ich habe Leo schon beim Umsteigen in Atlanta als Vorschlag auf Tinder reingekriegt. Das weiß übrigens niemand. Leo ist stolz drauf, dass wir uns nicht über eine Dating-App kennengelernt haben. Und trotzdem war das wichtig, zumindest für mich. So superwitzig und superselbstsicher hätte ich sicher nicht sein können, wenn ich nicht gewusst hätte, dass er auf der Suche war.«

»Und du? Warst du auf der Suche?«

»Ich hatte mir vorgenommen, Spaß zu haben in Costa Rica. Davon sprechen die Leute ja immer, dass man Spaß haben soll zwischen zwei Beziehungen. Und ich glaube, mit Spaß meinen sie Sex ohne große Verpflichtungen.«

»Scheint ja wunderbar geklappt zu haben«, quittierte Etna mit einem Blick auf den schmalen Verlobungsring an Svenjas rechter Hand.

»Ich war auch mal verlobt«, sagte Etna nach einer Weile, »ganz kurz, mit Florian, er dachte, dass sich dadurch seine kreative Blockade lösen würde – zumindest habe ich ihm das unterstellt. Zwei, drei Wochen später war Schluss.«

»Bist du deswegen so genervt von Hochzeiten?«

Etna hob die Tasse und sog laut schlürfend den letzten Rest Kaffee weg.

Dann tippte sie in regelmäßigen Abständen auf ihre Nasenspitze.

»Weißt du das über meinen Großvater?«, fragte sie.

Svenja nickte, erzählte, dass sie sogar einen Podcast über das Thema gehört habe.

»Und was haben sie dort gesagt?«, fragte Etna.

»Dass der Mensch eigentlich mehr Geruchsnuancen als Farbnuancen wahrnehmen kann. Nur spielt sich das meiste davon im Unterbewusstsein ab. Wie wir die Informationen der Gerüche lesen, ist nicht wirklich geklärt.«

»Witzig, dass du lesen sagst. Diese Sprache kann ich nämlich recht gut lesen – trotz Legasthenie. Ich spüre die Botschaften in den Gerüchen. Erregung, Angst, Stress, Müdigkeit. Und viele Paare, die bei mir sind, senden ungleiche Geruchssignale. Er ist müde, sie hat Angst. Er will Sex, sie weniger Sorgen. Das macht meinen Job anstrengend. Die Paare wollen sich Ringe für den gemeinsamen Weg aussuchen und riechen gleichzeitig so anders.«

»Du kannst also wirklich riechen, ob sich ein Paar trennen wird?«

»Ach, das ist nur Geschwätz. Ich rieche einen Ist-Zustand. Was die beiden draus machen? Keine Ahnung. Unterdessen hat der Stadtklatsch sogar noch ein paar zusätzliche Wendungen genommen. Offenbar erzählt man sich jetzt, es liege an mir: Wer zu viel Zeit mit mir verbringe, trenne sich bald darauf. Was vielleicht gar nicht so falsch ist, aber nichts mit meiner Nase zu tun hat.«

»Sondern?«

»Ich finde Trennungen schlichtweg interessanter. Hochzeiten sind alle gleich, aber bei Trennungen zeigen sich die Diskrepanzen, die ich sonst nur rieche. Trennungen sind ehrlicher.«

Sie klopfte einen schnellen Rhythmus an die Tasse.

»Aber weißt du«, fügte sie hinzu, »zynisch will ich deswegen auch nicht werden.«

1997

Frau Bär ging vor ihr in die Hocke.

Du bist das Mädchen, das bereits schreiben kann, sagte die Lehrerin, und sie nickte.

Erst viele Wochen später flog alles auf. Während der Rest der Klasse bereits mit Silben jonglieren konnte, hatte sie es bei zehn Buchstaben belassen. Sogar Julien hatte mithalten können.

Frau Bär lud die Eltern zum Gespräch ein. Diese waren überrascht. Zum einen vom Wort Legasthenie, zum anderen vom Engagement dieser jungen Lehrerin.

Frau Bär erhielt von der Gemeinde eine Zusatzstunde zugesprochen, die sie nutzen wollte, um möglichst rasch den Rückstand aufzuholen.

Wenn alle anderen am Dienstagnachmittag nach Hause ausschwärmten, hatte der Vulkan Zimmerstunde mit Frau Bär.

Sie erhielt einen Bleistift, der sich besser an ihre Fingerkuppen schmiegte, erhielt ein Heft, das nur für den Dienstagnachmittag war und auf das sie den Teenant-Mutant-Ninja-Turtle-Schriftzug zeichnen durfte.

Frau Bär kaufte im Baumarkt große Kartonbuchstaben. Sie durfte die Buchstaben anfassen, durfte sie drehen und anschreien, wenn auf dem Weg zwischen Ohren, Augen, Fingern und Papier was schiefging.

Und trotzdem wollte am Anfang nichts besser oder einfacher werden. Einmal, als sie Schmied schon wieder mit p statt mit d geschrieben hatte, entschuldigte sie sich den

Tränen nahe bei Frau Bär. Mein eigener Name, flüsterte sie, es tut mir wirklich leid.

Da stand Frau Bär auf und wurde laut. Nie mehr wieder solle sie sich für etwas entschuldigen, das sie nicht konnte. Der liebe Gott habe seine Gründe, weshalb er die Menschenkinder ohne Sprache und ohne Wissen auf die Welt kommen ließ. Wenn man etwas nicht konnte, dann war das eine Aufgabe, die es anzunehmen galt. Und wenn man wieder und wieder üben musste, dann war das eben so. Das hieß nicht, dass sie nicht Professorin oder Abteilungsleiterin werden könne, alles war möglich, sogar Schriftstellerin! Sie müsse einfach dranbleiben.

Als draußen der spärliche Schnee lustlos vor sich hinschmolz, erklärte Frau Bär der ganzen Klasse, dass sie nach den Weihnachtsferien Frau Bachmann heißen würde, und der Vulkan fragte sich, wie aus einem Bären in zwei Wochen Schulferien ein Mann werden sollte.

Frau Bachmann blieb aber Frau, es dauerte nicht lange, bis die Klasse über den Bären hinweg war.

Im Frühling, als der Kirschbaum im Garten blühte, roch das Schulzimmer plötzlich anders. Sie dachte zuerst, dass es an den Bäumen lag. Aber am Dienstagnachmittag, als sie nur mit Frau Bachmann am Tisch saß, bemerkte sie, dass die Luft im Klassenzimmer zwar roch wie die Bäume, es aber Frau Bachmann war, die diesen Blütenduft verbreitete.

Frau Bachmann, blühen Sie?, fragte der Vulkan.

Frau Bachmann erschrak, das erkannte man an den Händen, die sie plötzlich an den Körper zog.

Dann begann sie zu lächeln, nickte, und fuhr sich mit Zeigefinger und Daumen über den Spalt zwischen ihren lächelnden Lippen.

Der kleine Vulkan machte die Bewegung nach, und gleichzeitig warfen sie den Luftschlüssel über die Schulter weit fort.

Wenige Wochen später – die Blüten der Bäume lagen längst am Boden – fehlte Frau Bachmann. Zuerst für einen Tag, dann für eine Woche, dann betrat Frau Fruchi das Schulzimmer und erklärte, sie würde die Klasse fortan unterrichten.

Und ebenso, wie Frau Bär innerhalb kürzester Zeit verschwunden war, verschwand nun auch Frau Bachmann, und alles, was von ihr blieb, waren die Kartonbuchstaben auf dem Regal hinter dem Lehrerpult.

14

Obwohl die Sonne bereits sank, glühte die metallene Außenhülle des Vans fast so stark wie vorhin die Emailtasse.

Svenja lugte durch das Fenster auf den Beifahrersitz.

Ihr Handy lag oben im Rucksack.

Sie wollte nicht nachschauen, ob Leo ihr geschrieben hatte. Ihre schriftlichen Unterhaltungen waren funktional geworden, seit sie zusammenwohnten. *Wann essen wir? Haben wir noch Spültabs?* Und in letzter Zeit: *Soll ich die teuren Knöpfe fürs Sakko nehmen, oder kümmert das sowieso niemanden?*

Sie wusste, dass es normal war, dass man Spültabs brauchte, dass man daran nicht die Qualität einer Beziehung festmachen konnte. Trotzdem hatte sie keine Lust, das Handy wieder einzuschalten.

Svenja machte ein paar Schritte um den Van herum. Irgendwo roch es nach angedünsteten Zwiebeln. Sie schaute durchs Seitenfenster in den hinteren Teil.

Unter einer hölzernen Arbeitsplatte schien ein Kochfeld verborgen zu sein. Auch unter der Matratze erkannte sie fein säuberlich beschrifteten Stauraum. Svenja staunte, wie durchdacht das alles war, und erinnerte sich an Leo, wie er sie nach Costa Rica zum ersten Mal in Deutschland besucht hatte. An einem Freitag nach Feierabend war er von Brugg losgefahren und kurz nach Mitternacht mit seinem hellgrauen Auto bei ihr angekommen. Das Auto schien gleichzeitig sein Wohnzimmer zu sein, respektive das Kinderzimmer eines Fünfzehnjährigen: Im Kofferraum lagen leere Chipstüten, Energydrinks, ein angebrauchtes Sportshirt, Turnschuhe und vorne, in der Mittelkonsole, Münzen, die sie keinem Land zuordnen konnte, sowie mehrere Fidgetspinner. Leo sagte, dass er das Auto noch als Stift gekauft habe, und Svenja erwiderte, dass sie keinen Führerschein besitze, weil ihre Mutter Lokführerin in dritter Generation sei, und sie auch nicht vorhabe, jemals auf ein Auto angewiesen zu sein.

»Oh«, hatte Leo nur gesagt und schnell genickt.

Erst später, als sie längst wusste, dass die kleinen Münzen in seiner Mittelkonsole Rappen waren, verstand sie, dass dieses *Oh*, begleitet von einem schnellen Nicken, dafür stand, dass Leo sich gerade ihr zuliebe von einer fix und fertig zugeschnittenen Zukunftsvorstellung verabschiedete.

Die Blinker leuchteten auf.

Etna hielt ihren Einkauf hoch.

»Kein Abendessen, aber Zahnbürsten und Zahnpasta«, sagte sie stolz, »alles aus dem Automaten. Es gibt auch Penisringe und Tampons. Hast du Hunger?«

»Hier gibt's doch nichts.«

Etna öffnete den Van, deponierte die Zahnputzsachen auf dem Fahrersitz, kramte eine Chipstüte aus ihrem grünen Turnsack und erklärte, dass es weiter hinten auf dem Parkplatz vielleicht was geben würde.

Svenja folgte Etna. Der Parkplatz hatte sich verändert. Wo vorher nur leerer Asphalt gewesen war, hatten sich nun Lastwagen in den unterschiedlichsten Farben eingefunden. Auch einige Vans und Wohnwagen standen herum, die meisten mit niederländischem oder deutschem Kennzeichen. Einige Reisende hatten bereits die Klappstühle aus dem Kofferraum geholt und stießen in der untergehenden Sonne auf die beginnenden Ferien an.

Ansonsten war es trotz der vorbeidonnernden Autos ruhig. Da waren keine Kinderscharen, die zwischen den Parkreihen nach Abenteuern suchten, oder Jugendliche, die sich beim Nachtanzen einer Tik-Tok-Choreografie filmten.

Svenja staunte über diese Welt: Die warmen Temperaturen, das wilde Waldstück hinter der Raststätte, die flirrenden Mückenschwärme – all das sprach für Leben. Obwohl der Platz überlagert war von Beton, Metall, Abrieb, von Zwischenstopp und Notlösung. Svenja kam nicht umhin festzustellen, dass sie das irgendwie entspannte. Es fühlte sich an wie das Gefängnis bei Monopoly: Eine Runde lang keine Miete zahlen, nicht dem Würfelglück ausgesetzt sein, sondern in Ruhe nachdenken und neue Strategien aushecken können.

Der Geruch nach angedünsteten Zwiebeln verstärkte sich mit jeder Lastwagenreihe, die sie hinter sich ließen – bis dessen Quelle vor ihnen auftauchte: ein dunkler Topf, der auf einem Gaskocher stand. Um den Gaskocher zwei Menschen auf zwei Klappstühlen, in der Mitte ein Tischchen.

Der eine bückte sich über den Topf, der andere hatte ein Bein über die Armlehne des Stuhls geschwungen und schob, während er konzentriert auf sein Handy schaute, seine Kappe nach oben und unten.

Etna fragte leise, ob Svenja rauche.

»Früher mal«, antwortete Svenja, und Etna marschierte los.

»Raucht ihr?«, fragte Etna, als der Abstand zwischen

ihnen und den beiden Männern auf zwei, drei Meter geschrumpft war.

Sie schauten hoch: der eine vom Handy, der andere vom Kochtopf. Svenja spürte, wie die Männer einzuschätzen versuchten, ob Gefahr von ihnen ausging.

Die zwei konnten unmöglich gleich alt sein: Der Jüngere, also derjenige, der kochte, kam ihr bekannt vor – vielleicht auch nur vertraut, wegen der Art, wie er beobachtete.

»Smoke?«, erwiderte er und hielt zum Verständnis zwei Finger zu einem V geformt an die Lippen.

Svenja schaute zu Etna.

»Ja«, antwortete diese.

Jetzt bewegte sich auch der Ältere der beiden. Er nahm sein Bein von der Armlehne, verstaute sein Handy in der Jackentasche und zog aus derselben Öffnung ein Zigarettenpack hervor.

»Hier«, sagte er und streckte Etna die geöffnete Zigarettenpackung hin.

»Actually, we don't smoke«, erklärte Etna, immer noch lächelnd.

Die Männer schauten einander an, murmelten etwas, zogen Schultern und Augenbrauen hoch, die Zigarettenpackung verschwand wieder.

»Are you hungry?«, fragte der Jüngere.

Etna tat überrascht, sagte, dass das tatsächlich der Fall sei, falls sie denn noch Platz an ihrem Tisch hätten. Es wurde genickt, es wurden Stühle gerückt, und während sie auf den Kochtopf zuliefen, raunte Etna Svenja zu: »Nach Essen fragen kommt nicht gut an, aber so funktioniert es immer!«

Zwei weitere Klappstühle kamen zum Vorschein. Im Topf blubberte so viel Bulgur mit Gemüse, dass es auch für sechs Personen gereicht hätte.

Etna legte zur Ergänzung ihre Chipstüte auf den Tisch. Beim Anblick der Chips stand der Ältere sofort auf und brachte eine Flasche Raki und vier Gläser.

Es wurde eingeschenkt, angestoßen.

Svenja trank und sah, wie Etnas Gesicht sich kurz zusammenzog, bevor sie zeitgleich wie die beiden Männer ein tiefes *Aah* in die Luft hauchte.

»What are your names?«, fragte Etna.

Andok und Ihsan, war die Antwort, wobei Ihsan der Ältere und Andok der Jüngere war.

Ihsan füllte die Gläser wieder.

Svenja merkte, dass alle zu ihr schauten, also stellte sie die nächste Frage: »What do you work?«, fragte sie, und Etna nickte bestätigend, um Svenja mitzuteilen, dass das eine prima Frage war.

Sie seien beide Lastwagenfahrer, erklärte Andok auf Englisch und fügte hinzu, dass der rote Lastwagen direkt nebenan seiner war und der blaue, weiter hinten, der von Ihsan. Sie seien beide unterwegs nach Italien.

»On the Nutella-Road«, präzisierte er.

Etna fragte, was das sei, und Andok erklärte, dass er und Ihsan Haselnüsse geladen hätten und die von der Türkei nach Italien transportieren würden.

»Because there are no hazelnuts here and we –«

»Doch, sicher«, fiel Svenja ihm ins Wort.

Andok stoppte seine Erklärungen und schaute sie irritiert an.

Svenja verschränkte die Arme vor der Brust.

Es gäbe überall Haselnüsse in der Schweiz, erklärte sie und nahm einen weiteren Schluck Raki.

Andok erwiderte nichts, übersetzte lediglich für Ihsan, fügte noch etwas an, und beide lachten.

»Hmmm«, machte Ihsan, »Swiss Hazelnuts.«

Svenja hielt es nicht mehr aus.

Sie leerte ihr Raki-Glas, stand auf, kniff kurz die Augen zusammen, machte sich auf den Weg zu den uninspirierten Picknicktischen.

Gleich dort, wo der Beton aufhörte und das Gestrüpp anfing, stand ein Zaun, hüfthoch, zwischen Natur und Zivilisation. Svenja bückte sich über den Zaun, um an den Haselstrauch zu kommen. Sie erwischte einen Ast und zog daran, sodass der ganze Strauch zitterte. Für die Spezies Mensch waren essbare Nüsse schon seit jeher eine wichtige Nahrungsquelle gewesen. Schon vor Jahrtausenden waren sie deshalb gezielt kultiviert worden.

Svenja zog am Ast dieser Gemeinen Hasel, bis eine Dreierpackung Haselnüsse in Griffnähe kam.

Natürlich war diese Art Haselstrauch auch in der Türkei heimisch – aber ebenso im restlichen Europa, so wie hier, an einer hundsgewöhnlichen Raststätte.

Als sie wieder beim roten LKW ankam, hatten Andok und Ihsan bereits aufgetischt.

Svenja hielt ihre Beute hoch.

»Da«, sagte sie, »Haselnüsse.«

Es bedurfte keiner Übersetzung, Ihsan pfiff anerkennend, fragte dann Andok, warum sie quer durch Europa fuhren, wenn die Nüsse hier an dieser Raststätte wuchsen. Andok übersetzte und legte die Nüsse dekorativ zwischen die vier Teller.

»Let's eat«, verkündete er, Etna prostete allen zu, während Andok Bulgur und Gemüse auf die Teller verteilte.

Zwischen zwei Bissen zog Ihsan sein Handy hervor und zeigte Fotos von seinen Kindern.

»My kids«, sagte er, und Etna und Svenja nickten. Er wischte weiter: ein Foto seiner Kinder in einer modernen Lastwagenkabine, ein Foto seiner Kinder auf den Kajütenbetten, die sich im hinteren Teil der LKW-Kabine ausklappen ließen, ein Foto seiner Kinder auf einem Hotelbalkon, ein Foto seiner Kinder mit einer Geburtstagstorte in Form einer Drei, zum Schluss die Tochter, die die Kerzen ausblies.

Er verstaute sein Handy wieder.

»You?«, fragte er und schaute zwischen ihnen hin und her. »Kids?«

Svenja spürte, wie Etna sich neben ihr verkrampfte und Hilfe suchend zu ihr rüberschaute.

»Kannst du bitte?«, flüsterte Etna.

Sie ist schwanger, sie hätte doch nichts trinken sollen, schoss es Svenja durch den Kopf.

»Dein Ring«, bettelte Etna, »bitte!«

Also streckte sie den Rücken durch, sagte: »I will marry in three weeks! Look!« und machte diese Pose, die sie aus den ganzen Pinterest-Posts kannte: durchgestreckter Arm, das Handgelenk unnatürlich nach unten gebogen, hier, schaut, mein Verlobungsring.

Andok und Ihsan verstanden sofort, beide gaben *Ooohs* und *Aaahs* von sich.

Svenja erklärte, dass es schon in drei Wochen so weit sei. Nein, keine so große Hochzeit, nur sechzig Personen.

Anerkennendes Nicken.

Etna lächelte Svenja dankbar zu und griff nach ihrem Glas.

Dieses Mal reagierte Svenja sofort, klaubte es ihr aus den Fingern und trank es selbst leer.

Andok erzählte, dass er letztes Jahr geheiratet habe. Sein Job und der Job seiner Frau seien gut bezahlt, sodass es für zweihundert Personen und den großen Saal gereicht habe. Jetzt sei sie schwanger, im Winter würde das erste Kind kommen. Beim Fahren überlege er oft, welche Namen passen könnten – Mädchen oder Junge sei ihm egal, Hauptsache, es lerne viel in der Schule.

Ihsan warf etwas ein, Andok übersetzte.

»Wenn ein Kind geboren wird, dann schenken wir ihm Gold«, erklärte er, »zur Hochzeit auch. Gold ist wichtig bei uns in der kurdischen Kultur. Unsere Freunde und Verwandten fragen uns jetzt schon, was für Geschenke sie dem Kind machen sollen, Ohrringe, Halsketten, Armbänder.«

Etna stand auf, blinzelte mehrmals und stapfte davon – nicht missmutig, vielmehr als wäre sie auf einer wichtigen Mission.

»More hazelnuts?«, fragte Andok lächelnd.

»More food?«, fragte Ihsan an Svenja gerichtet.

Sie verneinte.

Stille trat ein.

Svenja fragte, was Andoks Frau arbeitete.

»She works in a bank«, erklärte Andok.

»Very nice«, erwiderte Svenja und hoffte, dass Etna bald zurückkommen würde, weil sie nun von allen Personen wusste, was sie arbeiteten, und ihr nichts mehr in den Sinn kam, was man hätte fragen können.

Svenja sah, wie Andok und Ihsan sich kurz anschauten, und dann, mitten in diese Stille hinein, spürte sie, wie sie Leo vermisste. Es begann oben bei der Kopfhaut und breitete sich in einer einzigen großen Welle in ihrem Körper aus. Sie vermisste die Nähe, die sein Körper ausstrahlte, sein krampfloses Lachen und sein natürliches Gespür dafür, wie man mit Leuten sprach. Leo würde auf seine Biketour gehen und danach in eine leere Wohnung kommen, weil sie hier auf einer Raststätte saß und Haselnüsse verteilte.

Andok schöpfte den letzten Rest Bulgur aus der Pfanne. Ihsan fuhr mit den Fingern über den leicht erhöhten Tischrand.

Svenjas Blick wanderte zu dem schwarzen Lastwagenreifen, der ihren Körper ohne Weiteres platt walzen würde, wenn er sich in Bewegung setzte. Sie verlor sich im dunklen Gummi, in den Furchen, die nach streng wissenschaftlichen Erkenntnissen eingelasert worden waren. Eingeklemmt in einer Furche: ein heller Kieselstein, gehalten vom dunklen Gummi, der sich an die Form des Steins angepasst hatte. Genau dieses Gefühl war es, das Svenja vermisste: diesen Halt.

Etna kam zurück, außer Atem.

Sie schwang den neongrünen Turnsack von ihrem Rücken und erklärte dabei mit lauter Stimme, sie habe auch ein Geschenk für Andoks Kind, das bald zur Welt komme.

Dann legte sie den Turnsack auf den Tisch, es machte *klonk*.

Etna zog etwas heraus, es schien schwer zu sein, sie brauchte beide Hände.

Dann, als dieses Etwas auf dem Tisch lag, schien es, als krümmte sich das spärliche Licht, das der Abend noch aufbrachte.

»Here«, sagte sie und schob den Goldbarren neben Andoks Bulgur-Teller, »gold for your child.«

Alle hielten die Luft an.

Svenja schluckte leer. Der Goldbarren sah flacher aus, als man es aus Filmen kannte, oben waren Buchstaben und Zahlen eingeprägt, als wären es die Zehn Gebote.

Andok lehnte sich zurück, brachte Abstand zwischen sich und den Goldbarren.

»Is this a joke?«, fragte er.

Ihsan sagte etwas auf Kurdisch, Svenja verstand nur das Wort Polizei.

Andok übersetzte nicht, sondern fragte nochmals: »Is this a joke? What are you doing? Who are you?«

Etna wiederholte, das sei ein Geschenk für sein Kind, egal ob Mädchen oder Junge.

»No«, sagte Andok.

»Yes«, sagte Etna.

»No«, sagte Andok.

Sie wiederholten das einige Male, Etna wurde bei jedem Mal lauter und vehementer, bis sie ihr *Yes* über den Tisch schrie.

Sie drehte sich zu Svenja und fragte, wie man *doch* auf Englisch sagte, ob es da ein Missverständnis gebe, er solle das verdammte Gold nehmen und seinem Kind schenken.

Svenja wusste nicht, was sagen.

Sie versuchte zu überlegen, was Leo sagen würde, aber dieser Umweg war zu lang; das Gespräch hatte sich schon weitergedreht, Andok war aufgestanden, fragte auf Englisch, ob sie von der Polizei sei oder eine Spionin oder eine Kriminelle, ob das irgendein *crazy test* sei.

Dann stand Ihsan auf und sagte mit bestimmter Stimme *Go*, was sich Svenja nicht zweimal sagen ließ. Etna griff nach ihrem leeren Turnsack und folgte Svenja.

Als sie noch einmal zurückschauten, sahen sie, wie Andok die Hand in sein T-Shirt wickelte und erfolglos versuchte, den Goldbarren hochzuheben.

2002

Als bei ihr der Übertritt in die Sekundarstufe anstand, waren gerade die 50er-Packungen Branchli in der Migros Aktion. Der Vater kaufte gleich drei Stück und beschriftete sie mit *Pompei, Cäsar, Etna.*

Sie klaubte jeden Morgen vier Schokoriegel aus der Packung und verteilte drei davon in der großen Pause.

Bald darauf wurde sie Teil eines Mädchenquartetts. Die vier Freundinnen waren sich schnell einig, welche Dinge sie mochten: Schokoladenriegel, Brockenstuben und Fußball.

Das mit dem Fußball war etwas später hinzugekommen, und zwar zwei Monate nach Schulbeginn, als Sarah am ersten kälteren Herbsttag mit einem FC-Aarau-Schal zur Schule kam. Filloreta sagte, sie sei für den FC Basel, und Nadja erklärte, sie sei für den FC Zürich. Nach einem Blick auf die Super-League-Platzierungen im Teletext entschied der Vulkan sich, für Neuchâtel Xamax zu sein, obwohl der Verein immer nur knapp über der dicken Linie auftauchte. Aber ihr gefiel der Name, der sich von vorne und hinten gleich las: Xamax.

Am Montag sprachen sie immer betont laut über die Resultate vom Wochenende und wer aktuell auf welchem Platz in der Super-League stand. Ihr gefiel diese Art zu sprechen, dieses gegenseitige Aufziehen mit verlorenen Partien. Ein Unentschieden nannten sie laut schreiend einen Orgasmusfail. Die Lehrpersonen taten so, als würden sie nichts mitkriegen, die Jungs hingegen schalteten sich in die Gespräche ein, lachten mit, diskutierten mit, und der Vulkan hatte schnell verstanden, dass das etwas mit dem Quartett machte, mit den Blicken und den Düften, die noch den ganzen Tag im Schulzimmer hängen blieben.

An den Mittwochnachmittagen verabredeten sie sich wenn immer möglich zu viert am Bahnhof. Von dort fuhren sie mit dem Fahrrad zu einer der Brockenstuben in der Umgebung. Auf dem Weg nahmen sie die Fahrradhelme vom Kopf, hängten sie an den Lenker und sangen die Lieder, die sie sich im Internet – halb legal, wie sie stets betonten – runtergeladen hatten: von Green Day, Avril Lavigne, Bon Jovi. Danach die Stücke, die sie in der Schulband spielten: W. Nuss vo Bümpliz, Alperose, Ewigi Liebi.

Sie sangen so laut, dass die Leute sich nach ihnen umdrehten. Und immer wenn sich jemand nach ihnen umdrehte, riefen sie sich gegenseitig zu, *wenn ich jemals so spießig werde, dass ich singende Mädchen mühsam finde, dann ballert mich ab!*

In der Brockenstube schwärmten sie aus. Wenn eine etwas fand, das in ihren Augen besonders hässlich, spießig oder mädchenfeindlich war, riefen sie genau das durch die Regale: Guckt mal, wie hässlich! Wie spießig! Wie absolut mädchenfeindlich!

Im Frühling dann fanden sie das Hochzeitskleid. Es hing an einer langen Kleiderstange, irgendwo in der Mitte, als wäre es das Normalste der Welt. Der Vulkan entdeckte es als Erste und rief: Schaut mal, wie krass!

Das Kleid war bodenlang, die Ärmel zu breit für das, was sie als modern bezeichnet hätten.

Das kann man ausbessern, dachte sie sich. Sie hatte zwei Jahre lang freiwilligen Textilunterricht genommen und war sich sicher, dass es da Nähte gab, die man auftrennen, Stoff, den man neu zusammenlegen konnte.

Alle vier wollten das Kleid anprobieren. Sie verzogen sich in die Kabine, entschieden, dass Etna, weil sie das Kleid entdeckt hatte, als Erste reinschlüpfen durfte, und diskutierten darüber, welche Stofflage wann und wie an den Körper kommen sollte.

Sie erhaschte nur einzelne Körperausschnitte im Spiegel, mal einen nackten Oberschenkel, dann einen Fetzen BH, bald darauf sah sie nur noch Weiß und ihr Gesicht, in dessen Züge ganz viel Unendlichkeit eingemeißelt war: Niemals würde sie etwas anderes tun wollen, als mit ihren drei besten Freundinnen durch Brockis zu streifen, im Supermarkt Schokoriegel zu kaufen und auf dem Neumarktplatz Tauben zu verjagen. Niemals wollte sie Dinge ernsthaft tun.

Als Sarah, Filloreta und Nadja wegtraten und sie sich ganz im Spiegel sah, fiel ihr sofort auf, wie viel Brust da noch fehlte, bis das Kleid ausgefüllt sein würde. Sie lächelte trotzdem. Nadja, die das modernste Handy besaß, versuchte ein Foto zu schießen, aber darauf konnte man nicht viel erkennen.

Drei Tage später, am Freitag nach der Schule, fuhr sie allein ins Brocki. Das Kleid war noch da, Geld hatte sie genügend eingesteckt, sie wusste, wofür sie das Brautkleid kaufen würde. Vor den Sommerferien fand jedes Jahr der Rutenzug statt. Die Schülerinnen hatten ganz in Weiß mit Kornblumen auf dem Kopf zu erscheinen, die Schüler in schwarzen Hosen und weißem Hemd, dazu eine Einsteckblume. Das waren eiserne Regeln, seit vielen Generationen. Und wenn der Vulkan schon in Weiß kommen musste, dann wenigstens in einem Brautkleid.

Sie kürzte den Rock, öffnete die Nähte an den Ärmeln, versuchte sie enger zu legen, aber es wollte ihr nicht gelingen, sodass sie die Ärmel kurzerhand abschnitt.

Über Wochen war sie so beschäftigt mit den Änderungen am Kleid gewesen, dass sie andere Umwälzungen gar nicht mitgekriegt hatte: Als der Rutenzug kurz bevorstand, war Sarah mit Manu, Filloreta mit Michi und Nadja mit Diogo.

Etna war mit niemand. Erst in zwei Jahren würde sie mit Leo zusammenkommen. Dann wieder von ihm fortgehen.

Ein bisschen ärgerte sie sich. Darüber, dass sich die anderen *ernsthaft* neue Rutenzug-Kleider gekauft hatten. Darüber, dass diese Kleider viel kürzer und enger waren als ihres und dass niemand, wirklich niemand, bemerkte, dass sie ein Hochzeitskleid trug.

15

Zuerst waren sie gerannt, dann hatte Svenja eine Abzweigung zwischen zwei Fahrzeugreihen verpasst und Etna mit ihrem grünen Turnsack aus den Augen verloren.

Svenja hielt an, musste sich neu orientieren.

Sie spürte das Gewicht der Lastwagen in ihrem Rücken, spürte ihr Herz pumpen, spürte, wie ihr Blut durch den Körper schoss. Das Dröhnen der vorbeifahrenden Autos kam von rechts, es sollte aber von links kommen. Sie drehte sich um, fand die Orientierung wieder, hatte ein Ziel, lief weiter.

Etna saß bereits hinter dem Steuer, schaute stur geradeaus. Svenja setzte sich auf den Beifahrersitz und zog die Tür so schnell zu, dass der Knall in ihrem Kopf widerhallte.

»Fahren wir weiter?«, fragte sie.

Etna winkte ab.

»Ich kann nicht fahren. Ich habe Absinth getrunken.«

»Das war Raki.«

»Wie schön! Du bist nicht nur Haselnuss-, sondern auch Spirituosenexpertin, herrlich!«

Svenja wollte etwas erwidern, aber ihr Atem verhakte sich irgendwo in der Magengegend.

Etna haute mit der Faust aufs Steuer.

»Okay, ja! Das mit dem Gold war dumm, das gebe ich zu. Aber du hast mit den Geschenken angefangen!«

Ihre Blicke trafen sich, prallten aneinander ab.

»Als wäre Andoks Kind Jesus und wir die heiligen Königinnen. Du direkt so, *hier! Nimm drei Haselnüsse! Die erfüllen Wünsche!*«

Svenja wollte korrigieren, wollte erklären, dass die Haselnüsse aus einem Grimm-Märchen und die Könige aus der Bibel waren, aber ihr Nacken konnte das Gewicht ihres Kopfes plötzlich nicht mehr halten.

»Mir wird schlecht«, warnte sie und neigte den Oberkörper vornüber.

Etna fuhr unbeirrt fort: »Nach deiner Geschenkaktion wäre es unhöflich gewesen, wenn ich als Einzige nichts gegeben hätte. Und dann sprechen die von Gold! Oh, ja, tolle Idee, gebt den Säuglingen Gold, überhäuft sie damit, dann ist das neue Leben von Schuld überzogen, noch bevor der Geburtsschleim ab ist.«

Svenja schluckte, öffnete den Mund, fragte, wie weit das WC von hier sei, dann brachte sie nur noch einen lang gezogenen Laut heraus und hielt sich die Hände vor den Mund.

Etna fluchte, stieg aus, rannte um das Auto, riss die Tür auf.

Svenja spürte, wie frische Luft an ihr Gesicht kam. Sie atmete ein und aus, und beim Ausatmen kamen die ersten Bulgurbrocken. Sie flogen durch die Luft wie Lava, mehrere Ergüsse landeten auf der Parkplatzmarkierung.

Dann Pause, schnelles Atmen, kurzes Würgen, aber der Strom war versiegt.

Etna strich ihr eine Haarsträhne hinters Ohr.

Svenja ließ es geschehen, obwohl sie spontane Berührungen nicht mochte, schon gar nicht am Kopf, schon gar nicht hinterm Ohr.

Etna zog ein Taschentuch aus ihrer Jacke.

»Du hast da noch Kotze«, sagte sie, beinahe sanft.

Svenja tupfte sich den Mund ab, schaute auf das Taschentuch und den bräunlichen Fleck darauf.

»Du zeigst ja schon die ersten Mutterinstinkte. Taschentücher verteilen und so.«

»Ich besitze keine Taschentücher«, erwiderte Etna trotzig, »das ist die Serviette vom Mittagessen, die wäre sonst weggeworfen worden.«

Svenja betrachtete ihr Erbrochenes auf dem weißen Streifen. Es stank und sah hässlich aus, verlangte nach einer Entschuldigung. *Entschuldige, dass mein Erbrochenes hässlich ist und stinkt, bitte geh nicht.*

Sie schloss die Augen.

Als sie sie öffnete, waren Erbrochenes und Etna immer noch da. Alles war noch da: der Van, die Abendsonne, die vorbeirasenden Autos, ihr eigener Körper, der nichts weiter als ein Container für Stinkendes und Hässliches war, eine chemische Box, die Stärkemoleküle aufspaltete, die dafür sorgte, dass das heimlich passierte, dass niemand es mitbekam.

»Macht doch nichts«, murmelte Etna, als hätte sie Svenjas Stimmen gehört.

Svenja löste den Blick vom Boden, schaute zu Etna, die die Hand an den untersten Rippenbogen gelegt hatte. Ihr Namensschild schaute schräg unter der Jacke hervor, zu lesen waren nur die ersten zwei Buchstaben: ET.

Ein bisschen sah sie auch aus wie ein Alien – in der viel zu warmen, zu großen Jacke, den ausgebeulten Jeans, die Hand auf dem Solarplexus – eine Außerirdische, eben erst auf der Erde gelandet und noch nicht ganz vertraut mit den menschlichen Gepflogenheiten.

Etna hielt nicht Ausschau nach einem Wasserkübel, einem Lumpen oder zumindest Küchenpapier. Das Erbrochene war ihr egal, genauso wie es ihr egal war, mitten im Schmuckes auf den Boden zu sinken und zu weinen. *Wie egoistisch*, hörte sie eine Stimme in ihrem Kopf. Und dann eine zweite, die *Hello?* rief. Etna machte sofort einen Satz nach vorne, und Svenja begriff, dass die zweite Stimme im Gegensatz zur ersten real gewesen war, dass wirklich jemand gerufen hatte. *Heeeeello?*, rief die Stimme nochmals. Svenja schwang ihre Beine ins Auto, kletterte nach hinten und zog dort die Vorhänge zu, während Etna vom Fahrersitz aus die Frontscheibe mit einer silbrigen Folie abdeckte.

Mit jedem zugezogenen Vorhang wurde der Innenraum des Vans dunkler, die Geräusche dumpfer. Etna und Svenja legten sich flach auf die Matratze. In stiller Übereinkunft hatten sie sich in diesen Metallkorpus eingesperrt.

»Denkst du, sie sind wütend?«.

Svenja seufzte. Sie sah die zwei entspannten Gesichter in den Campingstühlen wieder vor sich, dazu die Teller, die mehrmals gefüllt wurden.

»Du könntest ihnen erklären, dass das alles ein Missverständnis war«, antwortete sie, »und sowieso sollten wir uns fürs Essen bedanken. Nicht?«

Etnas Hände machten eine ausladende Bewegung.

»Nein. Zu viel Stress, ich bin schwanger.«

»Na dann.«

Sofort wurde Etnas Stimme laut: »Ich habe einfach keine Lust, okay? Scheiß Gold!«, zischte sie noch, und Svenja sah, wie Etnas Körper im Halbschatten zu grauem Stein wurde, eine steinerne Alien-Statue, die man abmontiert und zum sicheren Transport auf eine Matratze gelegt hatte.

Svenja räusperte sich. Das Räuspern verblieb im verriegelten Van.

Sie schaute nochmals zu Etnas Steinkörper, der eine Kuhle in die Matratze drückte.

»Woher hast du überhaupt so viel Gold?«, fragte sie.

Etnas Brustkorb blähte sich mit dem Geräusch eines tiefen Atemzugs.

»Willst du die unromantische Version?«, fragte sie, immer noch zur Decke schauend.

Svenja nickte.

»*Mach doch einfach was mit Holz, wenn dich das mit dem Gold so sehr stört,* heißt es, wenn ich *mal wieder* mit dem *immer gleichen Thema* anfange. Und ich muss dann lächeln und abwinken und so tun, als ob mich so eine Aussage überhaupt nicht trifft. Klar, ich könnte mir *einfach* einen anderen Job in der Schmuckbranche suchen, Holzuhren verkaufen, was mit 3D-Druckern machen. Dann würden sie bei Schmuckes meine Stelle ausschreiben, sie würden eine neue Goldschmiedin anstellen, die exakt das kann, was ich kann, nur dass sie keine Fragen stellt. So verdammt *einfach* wäre das.«

Etnas Stimme klang, als würde ein Stechbeitel über ihre Stimmbänder schaben, und diese neue Frequenz brachte die Luft, die Matratze und vielleicht ganze Felswände in Schwingung.

»Ich will nicht *einfach*«, sagte sie, »*einfach* verändert nichts. *Einfach* ist, wie nicht abzustimmen oder Kinder zu machen, wenn einem sonst nichts mehr einfällt. *Einfach* ist das, was wir gedankenlos tun, während die Welt kollabiert. *Einfach* heißt, Strukturen, von denen man selbst profitiert, nicht zu hinterfragen … Aber ich bleibe. Ich werde das Feld nicht denjenigen überlassen, denen alles scheißegal ist, die denken, dass sich da sowieso nichts machen lässt. Ich ziehe das durch.«

Etna bewegte sich keinen Zentimeter, obwohl alles an ihr zu vibrieren schien. Im Halbdunkel sah sie edel aus, unantastbar, aus der Zeit gefallen.

»Das Problem ist komplex, das stimmt«, fuhr sie fort, »Gold steckt in so vielen Kulturen. Auch bei uns in der Schweiz ist eine Hochzeit ohne Goldringe kaum vorstellbar. Dazu kommen die Banken – der Keller der Schweizerischen Nationalbank ist voll mit Gold, dessen Wert mal rasant ansteigt, dann wieder absinkt, je nach Weltlage.«

»Und du interessierst dich dafür, wie das Gold abgebaut wird und nachher bei dir im Schmuckes landet?«

»Die Zustände sind unhaltbar. Im globalen Goldhandel steckt die Vorstellung, dass nicht alle Leben gleich viel wert sind, immer noch drin«, sagte Etna. »Und die Schweiz spielt eine entscheidende Rolle.«

»Die Schweiz hat doch keine Rohstoffe.«

»Aber Raffinerien.«

»Für Gold?«

»Mehr als die Hälfte des weltweit geschürften Goldes landet in einer der vier Schweizer Goldraffinerien. So hätte ich meinen Vortrag gestartet: Stell dir vor, du bist ein Minenarbeiter in Peru, auf den Philippinen, in der Demokratischen Republik Kongo oder im Sudan, dann kannst du davon ausgehen, dass mehr als die Hälfte von dem Gold, das du zutage förderst, in der Schweiz landet.

Das Gold erhält hier seine Reinheit, seine typische Form. Woher es kommt, ist nach dem Schmelzprozess chemisch nicht mehr feststellbar.

Auf meinem Goldbarren stand als Herkunftsland Vereinigte Arabische Emirate, dabei hat das Land keine nennenswerten Goldvorkommen. Dubai kauft aus der ganzen Welt Gold an, auch aus Regionen, in denen der Erlös direkt in Waffen umgewandelt wird oder das Minengebiet illegal besetzt wird. Aber das ist nirgends vermerkt, gemäß Schweizer Gesetz muss nur deklariert werden, von wo man das Gold gekauft hat, nicht, wo es abgebaut wurde.

Auch perfide: Wenn das Gold einmal die Besitzerin gewechselt hat, kann es anschließend als rezikliertes Gold gehandelt werden, was natürlich super klingt: *recyceltes Gold*, wer will das nicht! Dabei ist es möglich, dass es einen Handelsschritt vorher Gold aus einer Mine war, in der regelmäßig Menschen zu Tode kommen.

Ich Goldschmiedin soll nun still dasitzen und das alles akzeptieren. Es gibt Bemühungen, Zertifikate. Aber die Lieferketten werden noch viel zu wenig kontrolliert. Und sowieso: Schmuckes muss letztendlich konkurrenzfähig bleiben.«

»Das heißt?«

»Das heißt, dass es kein Schwein bei Schmuckes interessiert, wie es den Menschen in den Abbaugebieten geht. Der Preis muss stimmen. Davon sind alle in der Bude überzeugt. Sie sagen, dass die Leute sonst nach Zürich fahren, zu den großen Geschäften, bei denen man auch für wenig Geld was Hübsches kriegt. Konkurrenzfähigkeit ist also nichts anderes als ein zynischer Euphemismus für *besser nicht hinschauen*. Und ich kann dem nicht mal widersprechen. Es interessiert wirklich niemanden.«

»Denkst du?«

»Ich weiß es. Ich habe meine Chefin überredet, dass ich einen Vortrag bei Schmuckes organisieren darf. Ich wollte beweisen, dass das Interesse eben doch da ist. *Faires Gold und was Sie damit zu tun haben.* Ich habe einen Beamer und eine Stellwand organisiert, habe Snacks gekauft und in kleine Schälchen abgefüllt. Ich habe eine Präsentation mit sechsunddreißig Folien erstellt und mir immer wieder überlegt, wie ich das Thema so rüberbringen kann, dass nicht alle depressiv werden. Und weißt du was? Es kam niemand. Niemand außer meinen Eltern und Cäsars Frau.«

Svenja hielt den Atem an. Hatte sie das Plakat nicht auch gesehen? Bei der zweiten Anprobe, als Leo immer noch haderte wegen der Ringbreite, hatte sie da nicht die Augen verdreht und dieses Plakat gesehen? Das Plakat, das Etna abriss, bevor sie den Laden heute verlassen hatten? Sie hatte also den Begriff *faires Gold* gelesen, während sie einen Ring aus Gold gekauft hatte.

Etna zog mit einer ruckartigen Bewegung die Beine an ihren Körper und umklammerte sie fest mit den Armen.

Svenja hängte Wörter aneinander: Entschuldigung, Leo und ich, ebenfalls nicht.

Etna suchte ihren Blick, nickte kurz.

»Ihr hattet eure Ringe eh schon bestellt.«

»Ja. Ohne nachzufragen.«

»Sollte es nicht selbstverständlich sein, dass keine Kinder bei der Gewinnung eines Rohstoffes ersticken? Sollte man als heiratswilliges Paar nicht einfach davon ausgehen dürfen, dass das Gold, mit dem man seine Liebe verbindlich macht, nicht zur Vergiftung von lokalen Gewässern führt? Ich meine, klar kann man Konsumenten Verantwortung übertragen. Aber wir sprechen hier von paramilitärischen Banden, die ganze Abbaugebiete kontrollieren, von Arbeitern, die sich für Schürflizenzen lebenslänglich verschulden, was wiederum dazu führt, dass sie in die Fänge von mafiösen Gruppierungen geraten. Und da sind wir erst bei den direkt betroffenen Menschen, noch nicht bei den katastrophalen Folgen für die Umwelt, die noch viele Generationen beschäftigen werden! Wer kann da von einem Brautpaar erwarten, dass es sich in diese Materie einliest, dass es sich durch den Dschungel von Ethikkodizes und Zertifikaten kämpft?«

»Leo und ich hätten uns ja bei dir erkundigen können. Er kennt dich ja, ihm hätte das sicher nichts ausgemacht.«

»Netter Vorsatz. Die Goldindustrie zählt voll und ganz darauf, dass es viel zu unangenehm ist, in einem sympathischen Betrieb wie dem Schmuckes zu fragen, ob Blut an dem Gold klebt, das man sich lebenslang an den Finger stecken möchte. Und selbst wenn man danach fragen würde, wäre meine Antwort *Bei uns doch nicht* – und Ende der Geschichte. Ein verdammtes Schmutzgeschäft, wirklich, mit jedem Bild, das Alain mir geschickt hat, ekelte ich mich mehr vor unserer Spezies und –«

Etna stoppte. Ein weiteres *Hello* drang gedämpft in den Van.

Dann Klopfgeräusche.

Nicht an ihrem Van.

Etna seufzte erleichtert, zog sich die Kapuze über den Kopf.

»Der Goldbarren –«, flüsterte Svenja.

»Es ist kein richtiger Goldbarren«, unterbrach Etna, »ein richtiger Goldbarren wiegt zwölf Kilo, Andoks nur eins.«

»Du willst ihn also nicht zurück.«

»Geschenkt ist geschenkt.«

»Sie würden ihn dir, ohne mit der Wimper zu zucken, zurückgeben. Sie haben Angst vor dir – vor dir und dem Gold.«

»Wahrscheinlich denken sie, ich sei kriminell.«

»Bist du das?«

»Natürlich«, erklärte Etna, »und du auch. Nur weil du und Leo Geld für eure Goldringe gezahlt habt, macht euch das nicht weniger kriminell.«

»Und wie viel Wert hat der?«

»Das Kilo Gold? Sechzigtausend.«

Svenja schlug sich mit der flachen Hand auf die Stirn.

»Bist du bescheuert?«, entfuhr es ihr. »Du verschenkst sechzigtausend Franken! Einfach so! Warum behältst du das Gold nicht für Rolf?«

»Für Rolf? Warum?«

»Sag mal, muss man euch das in der Schweiz jedes Mal vorbuchstabieren? Sechzigtausend Franken sind eine Menge Geld!«

»Die Menge Geld bleibt dieselbe, egal ob der Goldbarren bei Rolf oder bei Andoks Kind ist.«

»Ist das Teil einer Kunstaktion? Sie geben uns Bulgur, und du gibst ihnen ein Kilo Gold?«

»Essen ist in vielen Situationen wertvoller als Gold.«

»Fürs Protokoll: Ich hätte ihn auch genommen, falls dir so daran gelegen ist, ihn loszuwerden.«

»Der Goldbarren soll bei Andok bleiben. Ende.«

Etna rollte sich auf den Bauch und tastete nach der Kiste, in der die Decken verstaut waren.

Sie warf Svenja die eine zu und behielt die andere für sich.

Etna zog die Decke bis zum Kinn hoch, Svenja behielt ihre im Schoß.

»Ist alles gut bei dir?«, fragte Etna.

»Einschlafen funktioniert in letzter Zeit nicht so. Ach, und ich muss mich für morgen noch bei der Teamleiterin abmelden. Und Leo schreiben.«

Etna drehte sich zu ihr um, stützte den Kopf auf die Hand.

»Was schreibst du Leo?«

Svenja zuckte mit den Schultern, zupfte am Deckenbezug. Dann ließ sie sich nach hinten auf den Rücken fallen.

Die Matratze war angenehm hart. Sie schloss kurz die

Augen, um zu schauen, ob die Gedanken bereits da waren, die sich jeden Abend meldeten, spätestens wenn sie alle Liegepositionen durchhatte und immer noch nicht schlafen konnte. Dann dachte sie *Jetzt geht's sowieso nicht mehr*, dachte an Programmierprobleme, an Pokerkombinationen, lief allein durch die Wohnung, in der sie mit Jarne gewohnt hatte, letzthin hatte sie sogar an Timothy gedacht, obwohl sie den seit über einem Jahr nicht mehr gesehen hatte. Gedanken an die Hochzeit versuchte sie zu vermeiden, weil dann definitiv Schluss mit Schlaf war, dann musste sie aus dem Bett, musste Yoga machen, solche Dinge.

Ach, diese Hochzeit.

Svenja öffnete die Augen. Ihr wurde heiß, und ihr Atem wurde schneller, keuchender, bis sie eine Hand auf ihrer Schulter spürte.

»Weißt du, Hindernisse sind Stufen, auf denen wir in die Höhe steigen«, flüsterte Etna.

Svenja drehte sich zu Etna um, die Hand fiel von ihrer Schulter. Etnas Gesicht war ganz ernst, und Svenja konnte nicht anders: Sie lachte laut los.

»Wieso lachst du?«, fragte Etna, »das hängt bei meinen Eltern an der WC-Tür.«

»Schon etwas platt.«

Etna schnalzte ein langes *Tztztztz* mit der Zunge.

»Die Angst vor Plattitüden hält Menschen viel zu oft davon ab, sich nette Dinge zu sagen.«

Svenja lehnte sich zwischen den Sitzen nach vorne, um nach ihrem Rucksack zu greifen.

Die Bildschirmbeleuchtung blendete, es dauerte einen Moment, bis das Handy Empfang hatte. Svenja öffnete den Chat von Leo und ihr.

»Du kannst ruhig alles auf mich schieben«, murmelte Etna, »falls du nicht weißt, was du schreiben sollst.«

»Hast du in der Oberstufe auch schon solche Sachen gemacht?«

»Was meinst du mit *solche Sachen*?«

»In einem bestenfalls geliehenen Van auf einer Raststätte übernachten. Wird er nicht denken, ich sei verrückt?«

»Nun, da er nicht weiß, dass wir auf einer Raststätte sind, reicht es ja, wenn du ihm vorläufig schreibst, dass es dir nicht mehr nach Hause gereicht hat und du erst morgen zurück sein wirst.«

»Du hast bis morgen einen Vater für dein Kind gefunden?«

»Ich denke, dass ich nachher keine Angst mehr haben werde, allein weiterzugehen. Ich kann dich morgen früh auch an den nächsten Bahnhof bringen, wenn du nicht zu Julien mitkommen willst.«

»Doch, doch«, murmelte Svenja, tippte eine Nachricht ein, drückte auf Senden. Der Akku sank auf unter 5 Prozent.

Sie legte sich neben Etna flach auf die Matratze, deckte sich zu, schaute nach oben. Über ihrem Kopf war ein Schreibheft ans Metalldach geklemmt. Wahrscheinlich Notizen für Florians Kompositionen, die niemand kennt.

Neben Svenja drehte sich Etna auf den Bauch.

»Übrigens war ich zu der Zeit ganz anders«, erklärte sie, »in der Oberstufe war ich vor allem verwirrt. Also, am Anfang noch nicht, am Anfang waren wir zu viert, da war alles gut. Dummerweise war ich die Einzige, die nicht mitgekriegt hatte, dass der Satz *Etna ist echt wild* plötzlich nicht mehr nett gemeint war. Aber ja, so geht's wohl vielen. Wie war's bei dir? Wie war Teenager-Svenja?«

Svenja kniff die Augen zusammen. *Notenheft 2019* stand auf dem Heft über ihr. 2019 war das Jahr der Trennung von Jarne und dem Flug nach Costa Rica.

»Kommst du eigentlich aus einer großen Stadt?«, fragte Etna.

Svenja räusperte sich.

»Wir sind oft umgezogen. Meine Mutter war Lokführerin bei der Bahn und hat darum oft den Standort gewechselt, bis sie dann im Büro arbeitete.«

»Das hätte ich mir gar nicht vorstellen können. Die Familie meiner Mutter lebt schon seit Generationen in Brugg. In der Schule wussten alle, wer ich bin.«

»Bei mir haben's meine älteren Schwestern gerichtet. Sie hatten da so ein System.«

»Das heißt?«

»Die haben an jeder neuen Schule dafür gesorgt, dass man sie respektiert. Sie waren gut darin, herauszufinden, was sie besser konnten als der Rest. Einmal hatten sie an einem Sporttag den fittesten Sportlehrer im Hochsprung herausgefordert. Vor der ganzen Schule. Es war wie bei den Olympischen Spielen: Bevor sie sprangen, klatschten sie in die Hände, alle klatschten mit. Meine Schwestern hatten jahrelang Leichtathletik trainiert, der Lehrer hatte keine Chance. Alle jubelten, johlten, drehten sich zu mir um, nickten anerkennend.«

»Jarne auch?«

Svenja spürte, wie sich ihr Bauch zusammenzog. Dieses Gefühl, ertappt worden zu sein, war immer noch da, auch vier Jahre danach.

»Jarne war auch in der Klasse, ja.«

»Süß.«

»Wir sind erst nach der Oberstufe zusammengekommen.«

»Ich denke, Leo hätte dich als Teenie gemocht.«

»Er hat *dich* gemocht!«

»Ob das viel mit Mögen zu tun hatte, weiß ich nicht. Meine Kolleginnen hatten alle einen Freund, und Leo hatte den gleichen Nachhauseweg wie ich. Irgendwann kam eins zum anderen. Ich glaube, wir haben uns maximal drei Nachmittage zu zweit getroffen und wussten in der Zeit nicht, was reden, und auch nicht, was mit unseren Körpern zu tun war. Dann kamen die Ferien in der Toskana, wo ich mich nie gemeldet habe, und das war's dann auch schon.«

»Und wie war Leo als Teenager?«

»Er gehörte zu den coolen Jungs. Die coolen Jungs waren alle Skater und hatten schulterlange Haare.«

»Leo kann doch nicht skaten.«

»Ach, von denen konnte sowieso niemand skaten. Leo war der Erste, der sich die Haare wieder kurz schneiden ließ, weil er in der Lehre seriös rüberkommen wollte. Ein paar Wochen später hatten auch alle anderen Jungs kurze Haare. Das ist mir wirklich geblieben, dieser schnelle Wechsel von Skater zu seriös. Mehr kommt mir gerade nicht in den Sinn.«

Svenja spürte, wie sie lächeln musste und ihr Bauch sich entspannte. Irgendetwas löste sich in ihr. Vielleicht deswegen, weil Leo schon lange vor ihrer ersten Begegnung existiert hatte.

»Das reicht mir schon«, sagte Svenja, »danke.«

»Dann gute Nacht. Ich hoffe, du kannst einschlafen, auch wenn ich dir so viel Schlimmes über Gold erzählt habe.«

Svenja seufzte, deckte sich zu.

Nachricht von: Leo Stierli

Gesendet am: 15. August 2023 um 23:15

Okay, ich frage gar nicht erst … bin gespannt zu hören, was Etna ausgefressen hat … Wo seid ihr überhaupt? Und die Ringe? Hat Etna die wenigstens korrekt graviert? Ah, und gilt Essen morgen Abend bei meinen Eltern noch? Guet Nacht ond bis bald, heb der Sorg!

16

Svenja wurde wach. Im kühlen, dunstigen Van war alles dunkel.

Erstaunt hob sie die Augenbrauen. Sie war einfach eingeschlafen. Kein Gewälze, keine Gedanken an Programmierprobleme.

Sie schloss die Augen, Leos freundliches Gesicht tauchte auf, sie scheuchte es weg, dachte stattdessen an Gold, an die Goldringe ganz unten in ihrem Rucksack, an die Tatsache, dass sie sich zu keinem Zeitpunkt überlegt hatte, woher das Gold wohl kam. Nicht eine Sekunde war das Teil ihrer Überlegungen gewesen. Sie hatten wie blöd Preise verglichen, sicher zehn verschiedene Entwürfe für die Gravur diskutiert und sich bei alldem nie gefragt, woher Gold überhaupt stammt. Genau wie diese Kinder, die dachten, Milch komme aus dem Supermarkt, hatte sie offenbar geglaubt, Gold käme aus dem Katalog. Aber nur weil es um ihre Hochzeit – diesen einmaligen, komplett überladenen Tag – ging, konnte man doch nicht einfach die Augen vor der Realität –

Nachricht von: Leo Stierli

Gesendet am: 16. August 2023 um 06:15

Habe gerade die Benachrichtigung gekriegt … unsere Herzballons und die Papiersterne sollen heute endlich ankommen. Lieferzeit mal wieder irgendwann zwischen 9 und 19 Uhr … Weißt du schon, wann du zurück bist? Ich bin den ganzen Tag bei den Trockenmauern. Wir sehen uns heute Abend! Besito!

17

Es knackste.

Svenja erschrak so sehr, dass sie einen Moment lang befürchtete, dass es in ihr selbst geknackst haben könnte, in ihrer Elle oder im Rippenbogen.

Es knackste nochmals, metallisch, wie wenn jemand über ein Wellblech marschiert.

Nach dem Knacksen Stille.

Sie schielte zu dem schmalen Streifen Himmel, der zwischen Fenster und Vorhang hervorlugte. Die Sonne war aufgegangen, verformte durch ihre Wärme die metallene Hülle des Vans.

Sie hatte durchgeschlafen, war nur einmal kurz wach geworden und sofort wieder weggenickt.

Neben ihr lag Etna auf dem Rücken. Svenja wollte sie nicht wecken, wollte gleichzeitig aber auch eine Steckdose suchen, ihr Handy laden und schauen, ob Leo ihr gestern Abend noch geschrieben hatte.

Als sie noch in Deutschland gewohnt hatte, war das ein festes Ritual gewesen: *Guet Nacht*, schrieb Leo ihr immer, bevor er ins Bett ging, oder *Buenas noches*. Das war ihm bis heute wichtig, wenn sie nicht am gleichen Ort schliefen, genauso wie es ihm wichtig war, dass sein Gemüse im Kühlschrank nicht schimmelte, die Sitzordnung bei der Hochzeit für alle stimmte, die Wohnung korrekt gelüftet wurde und im Bett jeder seine eigene Decke hatte. Er wusste, was er wollte: Die ältere Schwester auszahlen, das Haus der Eltern übernehmen, im Garten ein kleines

Biotop einrichten, mit Gitter, damit es keine Gefahr für Kinder darstellen würde. *Sesshaft werden* nannte er das. Für Svenjas Kindheit mit den vielen Umzügen kannte er kein Wort. Das Haus müsse man nur leicht renovieren, das Schlafzimmer seiner Eltern würde danach das Schlafzimmer von Leo und ihr werden.

Es knackste wieder.

Ihr entfuhr ein undefinierbarer Laut, ein erstaunter Laut, obwohl sie doch vorgewarnt war und wusste, dass keine Gefahr da war – aber es war nicht das Geräusch gewesen, das sie hatte aufschrecken lassen, sondern ein Gedanke, der plötzlich, nach all den wach gelegenen Nächten, vor ihr lag.

Es würde auch ohne Leo gehen.

Sofort schloss sie die Augen, drückte ihre Handballen so fest auf die Lider, dass Punkte auftauchten, braune und orange, die Waben formten, wie gestern die Stahlseile am Fels. Der Schmerz kam erst ein paar Sekunden später, ihre Augäpfel brannten, sie riss zuerst die Fäuste weg, dann die Augen und die Vorhänge auf.

Licht trat ins Grau.

Vor dem Fenster: betonierte Leere. Die Lastwagen waren verschwunden, nur die weißen Linien am Boden erinnerten an ihre Abwesenheit.

Hatte Etna nicht genau davon gesprochen? Von einem weiten Platz ohne Routenplan?

So also sah dieser Platz im echten Leben aus: grau und flankiert von einer vierspurigen Autobahn.

Svenja öffnete das Fenster. Vom Dröhnen der Autobahn wurde Etna wach. Sie bewegte fast unmerklich die Augenlider und den Kiefer, während sie einen Punkt an der Decke fokussierte.

»Weißt du«, sagte sie bestimmt, »ich kann diese Goldsache an keinen Ort in meinem Kopf schieben, an dem es stimmt. Kennst du das auch? Dass etwas nur Sinn macht, wenn man nicht darüber nachdenkt, weil alles bröckelt, sobald man genauer hinschaut? Was ist das für eine Welt, in der es einem leichterfällt, die Realität auszublenden, als sie ins eigene Leben einzubauen?«

Svenja schluckte alle Spucke, die in ihrem Mund war.

»Danke jedenfalls, dass du da bist«, hörte sie Etna sagen. Und dann: »Du siehst aus, als ob du einen Kaffee brauchen könntest.«

Viertes Foto

Das Bild ist ausgesprochen scharf, obwohl es eine Bewegung zeigt. Festgehalten: Ein erdiger Weg, in der Mitte eingefurcht, wahrscheinlich von starken Regenfällen. Das Motorrad fährt rechts der Furche, die Füße des Fahrers ruhen auf den Pedalen. Hinter ihm eine weitere Person. Sie ist in Stoff eingewickelt, komplett, von unten bis nach oben, in bunten Stoff, eine Leiche, die aufrecht sitzt, eine Halterung muss am Motorrad angebracht sein, damit der Körper so aufrecht bleibt, aber das ist nicht erkennbar.

Der Fahrer grüßt, der rechte Zeigefinger ist klar nach oben gestreckt. Das Gesicht des Fahrers ist nicht symmetrisch, der eine Mundwinkel ist leicht nach oben gezogen. Ob das Teil seines Grußes ist oder ob eine Unebenheit im Boden ihn zum Ausgleich im Gesicht zwingt, bleibt offen.

Der Himmel ist oben blau und unten milchig und wird von den blätterlosen Ästen eines Baumes in viele Stücke mit unterschiedlicher Färbung geteilt.

Das einzig Unscharfe im Bild ist eine kantige Schulter, die nicht die von Alain sein kann, da Alain das Foto selbst geschossen hat und Etna dank seinem Profilbild weiß, dass seine Schulter von einer ausgesprochenen Feinheit ist, wie man sie oft bei Menschen beobachtet, die sich mit Kunst befassen.

18

Sie beschlossen, zuerst zum Getränkeautomaten und dann weiter Richtung Westen zu fahren.

Etna knüllte die Decke zusammen und kraxelte nach vorne auf den Fahrersitz, wartete, bis Svenja sich angeschnallt hatte, und fuhr langsam an.

Es klonkte und holperte.

Svenja und Etna schauten sich fragend an und stiegen gleichzeitig aus.

»Fuck!«, rief Etna.

Svenja rannte ums Auto und traute ihren Augen kaum, als sie neben Etna stand.

»Ach, du grüne Neune«, rief sie, »du bist voll drübergefahren.«

»Davon geht der nicht kaputt«, Etna kratzte sich am Kopf. »Aber süß, dass sie ihn eingewickelt haben.«

Sie zeigte auf die Serviettenstücke, die zerfetzt um den Goldbarren lagen.

Etna holte ihren grünen Turnsack, hob das Metall mit zwei Händen hoch und ließ es im Sack verschwinden.

»Woher sie wohl wussten, in welchem Auto wir waren?«, fragte sie.

Svenja antwortete nichts, nickte nur rüber zu den angetrockneten Bulgurresten.

Der Radiosender versiegte schon nach wenigen Kilometern in einem Rauschen, durch das nur noch sporadisch Wörter wie *Hitzewelle* oder *Mietzinserhöhung* drangen.

Bei der nächsten Raststätte holten sie sich richtigen Kaffee und Gipfeli. Zurück im Van, stellten sie einen französischsprachigen Sender ein, der hauptsächlich Klassik spielte, und fuhren weiter Richtung Westen. Svenjas Handy lag immer noch mit leerem Akku auf der Matratze.

»Wer ist eigentlich Alain?«, fragte sie.

»Wer?«

»Du hast gestern von ihm gesprochen.«

»Sag mal, zeichnest du alles auf, was ich sage?«

Etna löste die linke Hand vom Lenkrad, stellte den Ellbogen am Fenster auf.

»Verdammter Sake«, sagte sie schließlich, »Alain ist mein Kontakt aus der Demokratischen Republik Kongo. Ich habe ihn angefragt, ob er interessiert wäre, mir bei der Recherche zu helfen. Er ist Künstler.«

»Und du kennst ihn woher?«

»Von Instagram. Er hat gerade seinen Abschluss in Fotografie an der Kunstschule Kinshasa gemacht. Seine Fotos sind wunderbar, man kann sie stundenlang anschauen. Er hat Fischer porträtiert, wie sie arbeiten, wie sie leben, die Farben, die Formen. Kurz nachdem ich ihm gefolgt war, hat er gepostet, dass soeben ein Auftrag zum Thema Coltan geplatzt sei, weil das Journalistenteam aus Deutschland einen Rückzieher gemacht hat. Da habe ich ihn kontaktiert, habe gesagt, ich sei ebenfalls auf der Suche nach einem Fotografen, es gehe aber nicht um Coltan, sondern um Gold. Er fand das Thema spannend, und die Hochschule hat ihm sogar Credits für das Projekt gegeben. Die Exkursion zu den Minen hat er zusammen mit seinem Dozenten geplant. Ob er mit ihm oder allein im Gebiet war, weiß ich nicht. Reisen im Kongo ist anstrengend. Darum sind die Fotos so wertvoll, sie stammen aus einer Mine, zu der Journalisten noch nie Zugang hatten. Das Gebiet im

Ostkongo ist in der Hand von Rebellengruppen, die vom Ausland finanziert werden, da diese von der Instabilität der Region profitieren. Die Waffen finanzieren sie sich mit dem Ertrag aus den Minen.

Die Bedingungen im Abbau sind extrem. Es ist heiß, gefährlich, eng. Ich bin nach wie vor überzeugt, wenn ich dir eines von Alains Fotos zeigen würde, wenn ich dir sagen würde: Schau, die Chance ist hoch, dass das Gold in deinem Ehering aus einer solchen Mine kommt, dann würdest du den Ring nicht kaufen wollen. Du wärst sofort bereit, mehr auszugeben, weil du dich nach diesem kurzen Gespräch der Realität nicht mehr entziehen könntest. Du würdest das Bild nicht mehr aus dem Kopf bekommen und Verantwortung übernehmen.«

»Das habe ich mir gestern Abend auch gedacht. Ich meine, dass das mehr in den Medien sein sollte. Wenn wir mehr darüber wüssten, würden wir aufgerüttelt.«

»Ach«, seufzte Etna, »das Wissen ist schon da. Du musst nur *Gold* und *Konflikt* auf Google eintippen. *Gold* allein reicht wohl schon, damit du zu all den Reportagen kommst, die längst öffentlich sind. Es ist seit vielen Jahren klar, welche Rolle die Schweiz bei dem Ganzen spielt. Dass sie im Zweiten Weltkrieg Nazi-Gold gegen Devisen getauscht hat, ist zum Beispiel kein Geheimnis mehr. Genau deswegen stehen vier der sieben weltweit größten Raffinerien bei uns im Land. Die Schmelzöfen müssen laufen, darum muss Gold her, ständig. Man will es einfach nicht wahrhaben. Man redet sich ein, dass sich das alles ganz weit weg abspielt oder – wie Fünfzig – dass die Menschen in den Abbaugebieten schlichtweg selbst schuld sind, wenn die Abbaubedingungen schlecht sind. Es heißt, man könne die Welt doch nicht mit dem Kauf eines einzigen Ringes verändern … Und natürlich sei die Arbeit streng, aber immer noch besser als keine Arbeit, oder etwa nicht? Dabei sind solche Gedanken gefährlich und haben nichts mit Menschlichkeit oder Empathie zu tun, sondern mit Desinteresse, mit Rassismus, mit der Idee, dass Menschen im globalen Süden es nicht verdient haben, sichere Arbeitsbedingungen und einen fairen Lohn zu erwirken. Man hat sich den Irrglauben zurechtgelegt, dass gewisse Menschen einfach arm seien. Dabei sollten wir nicht von Armut sprechen, sondern von Ausbeutung.

Ausbeutung durch Strukturen, die den Preis festlegen, den du als Kundin am Schluss zahlst: 2000 Franken für einen 18-Karat-Goldring.

Meine Arbeitsbedingungen sind gut, genauso wie die in den Raffinerien und bei der Scheideanstalt, von der wir das Gold beziehen. Wieso also nicht in der Mine?

Und, nein! Zu sagen, dass das nicht unsere Sache ist, stimmt schlichtweg nicht. Wir sind ein Teil dieser Kette, wir bestimmen mit, wie diese 2000 Franken aufgeteilt werden. Alain hat es so gesagt: Der Kongo braucht nicht unsere Hilfe, er braucht ein Ende dieser Ausbeutung. Die Summe, die als Entwicklungshilfe ins Land komme, sei um ein Vielfaches geringer als der Gewinn, den andere Länder mit den kongolesischen Rohstoffen erwirtschaften – von dem das Land nicht mitprofitiert, weil die Spielregeln *hier* gemacht werden. Menschen wie Fünfzig hinterfragen diese Mechanismen nicht. Lieber grenzen sie sich ab, als den eigenen Wohlstand, das eigene Verhalten infrage zu stellen oder – Gott behüte uns! – zu verändern.«

Svenja brauchte einen Moment, bis sie Worte fand.

»Ich habe Goldringe gekauft«, sagte sie dann, »ich habe mir die ganze Schmuckwerbung, die Webseiten, die Prospekte angeschaut – dort ist alles so glänzend, weiße Kleider, schöne Frisuren. Kein einziges Bild von Minen, von den Tunneln oder den Menschen, die dort arbeiten. So absurd, dass man sich bei einer Mango fragt, woher sie kommt, aber bei Gold nicht. Ich kaufe Fair-Trade-Früchte, aber habe nicht nach fairem Gold gefragt.«

»Fairer Handel ist der richtige Ansatz. Aber *eine* faire Produktionslinie bringt uns nicht weiter. Ich finde es nicht richtig, dass man als Konsumentin das Recht haben soll, zwischen einem anständigen Produkt und einem, das Menschenleben fordert, zu wählen. Wenn ich ins Restaurant gehe, habe ich ja auch nicht die Wahl zwischen einem normalen Menü und einem Menü, bei dem sich die Köchin mit großer Wahrscheinlichkeit den Finger abschneidet.

Es muss eine übergreifende Lösung her, eine Gesetzgebung, die dafür sorgt, dass die Würde der Menschen gewahrt wird und wir als Konsumentinnen den Preis dafür mittragen. Aber so eine Gesetzgebung kriegen wir erst, wenn die Bevölkerung sich gegen diese Strukturen auflehnt, Druck macht, wenn sie nicht nur empört ist, sondern auch wirklich etwas daran ändern will, wie die 2000 Franken aufgeteilt werden.

Was wir bei all dem nicht vergessen sollten, ist die Kraft von Gesprächen und gegenseitigem Zuhören. Alain hat mir viel erzählt, und ich fühlte mich bereit, seine Sicht weiterzutragen. Der grandios gescheiterte Vortrag sollte der erste Schritt sein.«

»An dieser Stelle würden die meisten aufgeben.«

»Dafür bin ich nicht bereit. Dafür weiß ich zu viel. Aber es stimmt schon. Einfacher wird es nicht. Mit Rolf dazu sowieso nicht. Wer auch immer sein Vater wird, er muss auch meinen Einsatz mittragen. Und eben erst hat man sich über mich beklagt.«

»Weil du was gesagt hast?«

»Weil ich dumm war. Ich hätte schon im Voraus wissen müssen, dass es nicht der richtige Moment war. Jetzt im Nachhinein weiß ich nicht mehr, warum ich mit meiner Aufklärungskampagne ausgerechnet bei einem alteingesessenen Brugger starten wollte. Dass das gleich am Tag nach dem Vortragsdebakel war, hat sicher nicht geholfen. Ich habe gemerkt, dass er sofort dichtgemacht hat. Aber anstatt mich damit abzufinden, insistierte ich. Er hat sich später bei Iris beklagt.«

»Iris Schmuckes?«

Etna musste lachen.

»Iris Schatzmann. Niemand bei Schmuckes heißt Schmuckes.«

Svenja freute sich.

Sie schielte nach hinten auf die grün bezogene Matratze.

Am liebsten hätte sie Leo geschrieben. *Niemand bei Schmuckes heißt Schmuckes.*

Die Sache mit den Fragen

Nur einmal hätte Svenja sich beinahe fremdverliebt. Da wohnte sie bereits so lange in Brugg, dass sie genau wusste, von welchen »naturbelassenen Gärten« sich die Berufkrautsamen über die ganze Stadt verteilten.

Timothy stieß in der größten Hitze des Hochsommers zur Neophytengruppe. Er war frisch zugezogen, kam aus Deutschland, absolvierte ein Praktikum beim Kanton Aargau, Bereich Biologie, genauer: Bestandesaufnahme der Japankäferpopulation im Jurapark.

Svenja fühlte sich sofort mit ihm verbunden, nicht wegen seiner Herkunft – auf Deutsche traf sie hier ständig –, es war vielmehr seine Art, wie er die Leute um sich herum beobachtete, so, als wäre er Ethnologe und nicht Biologe.

Schon auf der ersten gemeinsamen Neophytentour wichen sie einander nicht von der Seite. Svenja erklärte ihm, was Abwart, Ständerlampe und Bettanzug sind. Er fragte nach alltagstauglichen schweizerdeutschen Wörtern, sie nannte ihm die wichtigsten – gsi, gseh, Ruetezog –, riet ihm aber davon ab, Dialekt zu sprechen und jedes Mal zu kichern, wenn jemand ein Wort mit *-li* beendete.

Sie erfuhr über ihn, dass er gern Curling schaute, seit Kurzem Vegetarier war und in den nächsten sieben Jahren nicht mehr fliegen wollte, weil die fetten Jahre vorbei seien.

Wenn er erzählte, fragte er immer *und du?*, was Svenja faszinierte: dass diese beiden zu einer Frage verbundenen Wörter auf einer Neophytentour viel mehr Platz hatten als in einer Beziehung, die schon zwei Jahre alt war.

Nach der zweiten und dritten und vierten Neophytentour war sich Svenja sicher, dass sie in diese Gespräche zu viel hineininterpretierte, dass ihre Faszination für ihn wahrscheinlich daher rührte, dass er so unglaublich viel von ihr und ihrem Leben wissen wollte.

Und doch … sie war komplett eingenommen von ihm und seiner Art zu sprechen, zu fragen. Er hatte sogar einen wunderschönen Nachnamen: Neuhaus.

Es dauerte mit jeder Neophytentour länger, bis sie seine Stimme, sein Lachen, seine körperliche Präsenz wieder aus ihren Nervenbahnen gespült hatte. Sie dachte an Timothy Neuhaus, wenn sie Geschirr abwusch, wenn sie Blumen goss, wenn sie unter der Dusche stand – also bei allem, was mit Wasser zu tun hatte, vielleicht weil er sich so nahtlos an ihre eigene, eckige Form angepasst hatte, dieser Timothy Neuhaus, der ebenfalls im Oktober Geburtstag hatte und den gleichen ICE ab Basel nehmen musste, um in seine Heimatstadt zu fahren.

19

Die klassische Musik passte zur Landschaft mit ihren immer höher werdenden Hügeln.

Unterdessen fuhren sie auf einer Landstraße: Die Mehrfamilienhäuser waren zuerst Einfamilienhäusern, dann Bauernhäusern gewichen. Aber im Gegensatz zu den Alpentälern, die Svenja mit Leo besucht hatte, sah es hier nicht so aus, als ob oft Touristen vorbeikommen würden. Und irgendwie gefiel ihr das, es hatte etwas angenehm Unaufgeregtes.

Svenja lehnte den Kopf gegen die Scheibe. Sie hatte Lust, die Hand auszustrecken und über die bewaldeten Berghänge zu streichen, die aus dieser Distanz flauschig wie Faserpelz aussahen.

Sie hatte gut geschlafen, zum ersten Mal seit Wochen.

Hatte sie nur deshalb gut geschlafen, weil die Welt schlecht war? Durfte man das? Die Ungerechtigkeiten der Welt als Einschlafhilfe brauchen?

Ein Schild kündete eine Schlucht an. Svenja fragte, ob sie dort Pause machen könnten.

Die Luft war ganz anders als auf der Raststätte; kühl, als hätte der Tag eben erst begonnen. Der Wind rauschte, der Bach ebenfalls. Es war ein ausgesprochen lebendiges Rauschen, eines, das an nasses Moos, Versteckspiele und auf dem Kiesweg zurückgelassene Fahrräder erinnerte.

»Gefällt's dir?«, fragte Etna, die sich ihre Schuhe ausgezogen hatte.

»Schon, aber meine Schuhe behalte ich an.«

Svenja folgte dem Wanderwegzeichen. Ein Holzsteg führte über den Bach, und weil an dieser Stelle die Straße ebenfalls über den Bach führte, war der Holzsteg zwischen Brückenunterseite und Bachbett angebracht worden. Sie folgte den Treppenstufen, bis sie unter der Brücke stand.

Das Rauschen war hier noch intensiver, die Luftfeuchtigkeit deutlich spürbar. Svenja gab ein *heeeooo* von sich, aber das erhoffte Echo ging im Bachrauschen unter. Gut fühlte sich das an.

Etna kam nach, rief ein *he-e-e-e-o-o*.

Svenja zeigte auf eine Pflanze weiter unten am Bachufer.

»Das ist Berufkraut«, sagte sie mit lauter Stimme, um das Rauschen zu übertönen, »damit haben wir am meisten zu tun.«

»In der Neophytengruppe?«

Svenja nickte.

Etna legte den Kopf schräg: »Du meinst die mit den weißen Blüten?«

»Ja, Einjähriges Berufkraut. Stark invasiv. Ursprünglich stammt die Pflanze aus Nordamerika und kam im 17. Jahrhundert hierher. Wenn du eine siehst: Sofort ausreißen. Und dann ja nicht in die Wiese oder auf den Kompost werfen. Berufkraut gehört in den Müll. Alles andere bringt nichts, dort wächst es weiter, als wäre nichts gewesen. Darum verbreitet es sich so stark.«

»Ist das nicht ein bisschen gemein? Ich meine, das Berufkraut hat sich seinen Platz ja ehrlich erkämpft, nicht?«

»Es bedroht die wenigen Magerwiesen, die es in der Schweiz noch gibt. Berufkraut wächst schneller. Die lokale Flora kann da nicht mithalten, und hat sich der Neophyt an einer Stelle durchgesetzt, breitet er sich wie ein Teppich aus.«

»Man könnte meinen, es seien Margeriten.«

»Das denken viele, aber Margeriten haben größere Blüten. Übrigens haben die Pflanzen einen speziellen Trick: Berufkraut sondert sekundäre Pflanzenstoffe ab, die dafür sorgen, dass alles andere in der Umgebung langsamer wächst.«

Etna musste lachen.

»Dann muss ich wohl meine Eltern fragen, ob vor meinem Kinderzimmer ein Berufkrautfeld war. Sollen wir sie ausreißen?«

»Und dabei in den Bach fallen? Heute nicht, nein.«

Etna nickte.

»Mir gefällt's jedenfalls, wenn Menschen so richtig für was brennen. Egal ob Neophyten oder sonst was.«

»Und bei dir und der Musik? Ist da noch was?«

Etna verneinte.

»Ich konnte mein Niveau nicht halten. Seither spiele ich maximal an Weihnachten ein paar Lieder für meine Niften – also meine Neffen und Nichten. Ansonsten schreibe ich.«

»Und was schreibst du so?«

»Die Therapeutin, die ich wegen meinem Lampenfieber hatte, meinte, ich solle mich mal hinsetzen und wichtige Momente aus meinem Leben aufschreiben. Das habe ich gemacht, und das hat gutgetan. Beim Schreiben kann ich loslassen, Dinge verstehen. Später habe ich im Internet recherchiert, wie man aus einzelnen Szenen einen Bestseller macht. Wichtig dabei: Ein gutes Buch muss immer mit einer Überraschung enden. Ich habe die Texte also ein bisschen verfremdet, damit es mehr wie eine Geschichte und nicht mehr wie ein Tagebuch klingt.«

»Dein Buch ist also autobiographisch?«

Etna stieß sich vom Geländer ab.

»In der Ich-Form ist es nicht geschrieben.«

Die Sache mit den Gedanken

Timothy und Svenja waren die Einzigen in der Neophytengruppe, die nicht pensioniert waren. Darum war es von Beginn an schlüssig gewesen, dass sie bei den Touren zusammen unterwegs waren. Niemandem fiel auf, dass Svenja für die Touren plötzlich nicht mehr ihr verwaschenes Sommerlager-2001-Shirt anzog.

Einmal, als sie zu zweit auf einer abschüssigen Brache Berufkraut entfernten, sagte Timothy plötzlich: Ich habe an dich gedacht.

Ja? Hatte Svenja geantwortet.

Timothy sagte, er habe an sie gedacht, als eine Arbeitskollegin lautstark verkündete, dass die Nati am Wochenende gewonnen habe.

Svenja musste lachen. Sie hatte ihn vorgewarnt, dass Nati und Nazi zwar gleich klang, aber absolut nicht das Gleiche bedeutete, die Länge des ersten Vokals würde den Unterschied ausmachen.

An diesem Abend, als sie durch die Altstadt lief, zurück zu der Wohnung, für die sie die Vorhänge selbst ausgesucht und gekürzt hatte, dachte sie daran, wie es wäre, Timothy zu küssen.

20

Saint-Imier war plötzlich da. In ordentlichen Reihen standen die alten, mehrstöckigen Häuser am Fuß des Mont Soleil, den Etna und Julien mehrmals bis ganz nach oben erwandert hatten.

Juliens Elternhaus hatten sie beim Ortseingang passiert, nun, auf der engen Hauptstraße, verlangsamte Etna das Tempo, um nach einem Parkplatz Ausschau zu halten.

Svenja hatte den Kopf an die Scheibe gelehnt.

Sie machte einen zufriedenen Eindruck.

Etna überlegte, ob sie ihr sagen sollte, dass sie vorhin gelogen hatte, mit der Goldsache.

Es war nicht nur der alte, verkorkste Brugger gewesen, dem sie erzählt hatte, unter welchen Bedingungen Gold geschürft wurde. Sie hatte es auch bei jungen Leuten versucht, ein Mann und eine Frau, sie wollten Ringe für ihre Trauung im September, genau wie Svenja und Leo. Etna kannte beide, über sieben Ecken, sie waren an verschiedenen Orten in der Stadt engagiert, gute Leute. Und trotzdem hatten sie dichtgemacht. Hatten gemeint, dass man ja gar nichts mehr kaufen könne, wenn man immer und überall das Haar in der Suppe suche.

Wieso hatte sie das junge Paar verschwiegen? Weil sie Svenja nicht vor den Kopf stoßen wollte?

Etna parkierte in der Nähe der Kirche.

Sie zog sich die Jacke über, hier im Jura konnte immer Wind aufkommen, und sie hatte keine Lust auf Kälte.

Zuerst liefen sie weiter die Hauptstraße entlang.

Etna hatte den Weg bei Google Maps angeschaut und war nun erstaunt, wie sehr das virtuelle Bild mit der Realität übereinstimmte. Mit den vielen bunten Häusern hätte Saint-Imier durchaus touristisch sein können, nur fehlten die Infotafeln.

Nach dem zentralen Platz bog Etna in die *Rue du Pont*, die nach dem Ortsausgang die *Rue sur le Pont* schnitt. Die Straße wurde zu einem Sträßchen, gesäumt von einer Allee.

Am Ende dieser parallel angeordneten Baumreihen standen eine Scheune und ein großes, altes Haus, das auf allen Seiten mit silbrig glänzenden Stangen eingerüstet war und ganz offensichtlich gerade umgebaut wurde.

Etna verlangsamte ihre Schritte.

Hier wohnte Julien?

Plötzlich irritierte sie, dass das Haus eines der wenigen außerhalb des Dorfkerns war.

Ein ungutes Gefühl beschlich sie. Konnte man jemandem vertrauen, den man nur als Kind erlebt hatte? Würde sie ihn überhaupt wiedererkennen? Geschweige denn mögen?

»Sieht unbewohnt aus«, konstatierte Svenja.

Als Gegenbeweis ertönte eine Kreissäge.

Etna lief am Schuppen vorbei auf das kreischende Geräusch zu, das stoppte, sobald sie davorstand und sich am Unterarm kratzte.

Er schaute sie an.

Ein Mann. Kein Kind mehr.

Es war nicht Julien, aber irgendwie schon.

Sobald er sich bewegte, sich am Kinn kratzte und die Hände in die Hüften stemmte, sobald Etna *Salut toi* sagte und er *C'est vraiment toi?* antwortete, erkannte sie in den Händen, den Haaren und den Augen etwas Vertrautes, die gesuchte Schicht des viel jüngeren Julien.

Sie konnte es nicht fassen.

Leichtigkeit überkam sie.

Dann die Fragen.

Wie so was ablief, also, wie aus einem kleinen Jungen ein erwachsener Mann werden konnte. Wie sich unter Zuhilfenahme von Zeit seine Glieder gestreckt, seine Knochen verfestigt, sein Gehirn vernetzt hatte. Wie aus verdauten Kartoffeln, Pasta und Gemüse zusätzliche Haut, zusätzliche Sehnen, zusätzliche Haare, zusätzliche Neuronenstränge, aber auch Blutplättchen und Leberzellen hatten werden können.

Etna lief um die Kreissäge herum, umarmte Julien, spürte seine Schulterblätter, seine Atmung. Mindestens zwei Atemzüge – zweimal Heben und Senken seiner Bauchhöhle gegen ihren Brustkorb –, so lange umarmten sie sich, bis er sich löste.

Seine Hand glitt an ihrer Schulter hinab auf ihren Ellbogen, Etna griff nach seinem Unterarm, sodass da immer noch Kontakt war, und Julien begann zu lachen.

»Du bist keinen Zentimeter größer geworden.«

Etna schaute geradeaus. Direkt vor sich sah sie das farbige Logo einer Firma, das auf Brusthöhe in Juliens T-Shirt gestickt war.

»Tu parles encore français?«, hörte sie ihn fragen.

Etna merkte, dass sich ihre Finger viel zu tief in seinen Unterarm gegraben hatten.

Sie suchte seinen Blick, lockerte ihren Griff, aber Wörter, die es brauchte, um einen ganzen Satz zu bilden, kamen ihr nicht in den Sinn.

»Sprichst du überhaupt noch?«, fragte Julien.

Etna formte ihre freie Hand zu einer Faust und schlug damit sanft auf sein T-Shirt.

»Du gefällst mir«, sagte sie, »merde, tu es beau.«

»Das ist nur wegen der Säge«, gab er lachend zurück, »schau!«

Er löste seine Hand von ihrem Unterarm, trat wieder an die Maschine und stützte sich mit dem Blick eines Unterwäschemodels auf die Kreissäge.

Etna lachte, das war Julien, wirklich Julien.

In dieses Lachen trat ein Ruf.

»Papaaa«, rief die Stimme, »papaaa, papaaa!«

Alle drehten sich in die Richtung, wo die Stimme den Ruf wiederholte, wie eine Ambulanz ihr Tütata. Die Stimme wurde lauter, rannte an Etna vorbei. Der Dopplereffekt stellte sich erst ein, als das Kind neben Julien stand und sich an seinen Oberschenkel drückte.

Etna hörte, wie Svenja »Hui« sagte.

Im Innern roch es nach Holz in all seinen Aggregatszuständen: nach Brettern, nach Harz und nach Sägespänen.

Die Scheune war riesig, in einer Ecke gab es eine behelfsmäßige Küche, davor einen langen alten Holztisch.

Julien stand am Herd, wartete, dass er das Gas runterdrehen konnte, sobald die Bialetti-Kanne ihr Geräusch machte. So laufe der Filterprozess langsamer ab, und der Kaffee würde besser – Etna hatte es ihm gerade erklärt.

Die Bialetti-Kanne war noch stumm, das Gas zischte leise, ansonsten hörte man nichts. Svenja hatte gesagt, sie würde eine Runde drehen, und Juliens Sohn wollte im Garten an seinem Hexenhaus weiterbauen.

Die Bialetti-Kanne begann zu zischen. Julien reagierte nicht.

»Jetzt ist das Wasser schon durch.«

»Désolé«, erwiderte Julien.

»Schon gut.«

»Willst du trotzdem?«

»Ja.«

»Dann trinken wir schlechten Kaffee.«

»Muss wohl.«

Etna ärgerte sich. Das Gespräch hier lief noch schlechter, als der Kaffee war.

Julien stellte zwei Tassen hin, riss eine Packung Madeleines auf und tunkte eine in seinen heißen Kaffee. Dann biss er hinein. Dunkle Kaffeetropfen fielen auf die Tischoberfläche. Julien schluckte den Rest der Madeleine runter, ließ Etna nicht aus den Augen, fragte: »Was hast du in deinem Leben gemacht, dass du genau jetzt hier sitzt?«

»Mich schwängern lassen«, antwortete Etna, froh, dass das Gespräch jetzt ehrlich wurde.

»Schwängern?«

»Je suis enceinte.«

»Gratuliere.«

Etna griff nach der Kaffeetasse und trank sie in drei, vier Schlucken leer. Ihr Rachen brannte. Sagte man das so, gratuliere?

»Was ist mit Louis' Mutter?«, fragte Etna.

»Wir sind getrennt. Ich mache gerade Urlaub für die Hausrenovation und passe auf Louis auf. Sind ja Sommerferien.«

»Er ist süß.«

»Er sieht aus wie ich.«

»Wohnt seine Mutter auch in Saint-Imier?«

»Sarah gehört die Bäckerei in der Hauptstraße, seit der Trennung arbeitet sie wieder Vollzeit.«

»Hast du dich gefreut?«

»Über Louis oder die Trennung?«

Etna schaute ihn mit hochgezogenen Augenbrauen an.

»Sarah ist sieben Jahre älter als ich«, antwortete Julien, »sie hat von Anfang an gesagt, dass sie Familie will. Und ich fand das gut: Kinderlachen, gemeinsam lustige Filme anschauen, Spielplätze. Für junge Menschen gibt es hier nicht viel zu tun. Wenn du abends wegwillst, musst du nach Biel fahren, und auch dort triffst du die immer gleichen Nasen mit den immer gleichen Problemen.

»Und deine Eltern?«

»Du kennst sie ja. Sie waren der Meinung, ich sollte reisen gehen, was anderes sehen, vielleicht eine Weile in der Deutschschweiz arbeiten. Da habe ich an dich gedacht, das weiß ich noch. Ich habe an unseren Schulweg gedacht und an den Platz mit den roten Steinen.«

»Und wie ist es, Vater zu werden?«

Julien begann zu lachen.

Etna präzisierte: »Ich meine nicht das mit dem Schlafentzug und den stinkenden Windeln, ich meine, in einem drin. Was passiert da?«

Julien wurde ernst.

»Du stellst große Fragen.«

»Ich möchte vorbereitet sein.«

»Solltest du dann nicht eine Frau fragen?«

»Ich meine nicht die Geburt, ich meine wirklich die Tatsache, dass man dann ein Kind hat. Und du hast ein Kind, darum frage ich dich.«

»Soll ich ehrlich sein?«

»Ehrlich, ja.«

»Ein bisschen absurd ist es schon. Wie ein Baum, der plötzlich da ist, über Nacht gewachsen, mitten im Garten, so groß wie der Kirschbaum bei deinen Eltern.«

»Bäume wachsen tatsächlich nachts, habe ich letzthin gelesen.«

»Nein, ich meine: Am Vorabend ist da noch nichts. Und am nächsten Morgen, wenn dein Kind da ist, wenn es schreit und atmet und die Augen öffnet, dann ist da plötzlich ein fertiger Baum. Ein Kind kommt zur Welt, und du siehst diesen Baum und fragst dich, wie so etwas in deinem Garten möglich ist. Wenn du dann nicht mehr weißt, was sagen, sondern einfach nur staunst, dann bist du Vater geworden.«

Etna ließ sich nach hinten gegen die Rückwand der langen Bank fallen.

»Und wenn man keinen Garten hat?«

Julien lehnte sich ebenfalls zurück.

»Vielleicht geht es nicht um den Garten, sondern um das Haus, das du auf dem Grundstück gebaut hast«, sagte er, »hast du denn ein schönes Haus?«

»Ich wohne zumindest gern darin«, erklärte sie, »obwohl es dünne Wände hat, ständig Lärm von draußen eindringt und die Brandschutzverordnungen sicher nicht eingehalten werden.« Etna blies Luft in ihre Backen. »Manchmal fühle ich mich mehr als Mieterin als als Besitzerin.«

»Und was hast du jetzt vor?«

»Ich suche einen Vater für mein Kind. Das ist die Antwort auf deine Frage. Darum bin ich jetzt und heute hier. Ich denke, du –«

Es klopfte an der Tür, Louis fragte, ob er reinkommen dürfe.

»Passwort?«, rief Julien.

»Ähm, Branchli.«

»Nein.«

»Croissants?«

»Nein.«

»Oh, Madeleines?«

Julien öffnete die Tür.

Louis stürmte rein, und Etna merkte, dass ihr Gesicht warm wurde.

Julien hob seinen Sohn hoch und ließ ihn am Hahn ein Glas mit Wasser füllen.

Er nahm sich eine Madeleine aus der Packung und setzte sich neben Etna auf die Bank.

Julien erklärte, dass Etna und er beste Freunde waren, als er noch klein war, und ihr ganzes Zimmer mit Ninja-Turtle-Postern übersät war. Louis nickte und tunkte seine Madeleine ins Wasser, als hätte er Kaffee vor sich.

Etna beobachtete seine Gesichtszüge, seine Augen, die mal dies, mal das fokussierten.

»Bleibt sie?«, fragte Louis.

Ob er gern noch ein Geschwister wollte, fragte Etna.

»Ein Geschwister?«, fragte Louis.

»Ein zusätzliches Kind, das mit dir spielen kann.«

Louis drehte sich blitzschnell zu seinem Vater: »Wirklich, Papa? Ich kriege ein Geschwister? Wo ist das Baby?«

»Ich habe es mit dabei«, erklärte Etna und zeigte auf ihren Bauch, »aber wir müssen noch warten, bis es rauskommt.«

Louis blickte schnell zwischen Etna und Julien hin und her.

»Noch in den Sommerferien oder erst danach?«, fragte er.

»Louis, stopp«, rief Julien, »Etna meint das nicht so.«

Es klopfte wieder an der Tür.

Louis sprang von der Bank und stürmte Richtung Tür. Als er Svenja sah, wirkte er enttäuscht.

»Immer nur Erwachsene«, rief er und rannte an Svenja vorbei nach draußen.

»Was hat er gesagt?«, fragte Svenja.

Julien stand auf, stellte Louis' Glas in die Spüle und drehte sich zu Etna.

»Meinst du das ernst?«

»Um das klar zu kommunizieren: Ich suche nicht den biologischen Vater, ich suche einen richtigen Vater für das Kind.«

»T'es sérieuse, toi?«, wiederholte er, lauter. »Du ignorierst jahrelang meine Freundschaftsanfrage auf Facebook, meldest dich dann aus dem Nichts – und willst, dass ich ein Kind mit dir aufziehe?«

»Aufziehen sagt man doch eher bei Tieren, nicht?«

Julien riss den Wasserhahn auf, so energisch, dass das Wasser über den Beckenrand spritzte.

»Du würdest dein Kind einfach hierlassen? Noch ein paar Wochen schwanger sein, Kind gebären, und dann meinen Namen als Vater ins Formular schreiben? Damit du raus bist aus der Sache?«

»Raus?«, Etnas Handflächen wurden schlaff, genauso wie der Rest ihres Körpers, insbesondere ihre Stimmbänder, die kein weiteres Wort mehr formen konnten, während der Wasserhahn rauschte wie ein Bergbach bei Gewitter.

Julien verschob sein Gewicht, trat einen halben Schritt nach vorne.

»Was ist mit dem Vater?«, fragte er. »Wo ist der? Warum sitzt du nicht bei ihm in der Küche und fragst ihn, ob er sein Kind will? Habt ihr nicht aufgepasst?«

Svenja löste sich von der Tür, stellte sich mitten in den Raum, sagte: »*Er* hat nicht aufgepasst. *Er* sollte hier sitzen und von dir was zu hören kriegen. Nicht Etna.«

»Und du willst es trotzdem?«, fragte Julien an Etna gewandt. »Das Kind? Du willst die Schwangerschaft durchziehen?«

Etna ließ seine Worte verhallen, löste sich von seiner Stimme, seinem angespannten Körper, dem Rauschen des Wasserhahnes, sie löste sich auf in dem Raum, reihte sich ein zu den aufeinandergestapelten Holzbrettern, den chaotisch verstauten Gartenstühlen, den vier hölzernen Wagenrädern an der Wand, den zwei Waschmaschinen neben der Tür, der Babyschaukel und den Tassen – überall standen hier Tassen, bestimmt zwanzig, alle gebraucht; sogar auf den horizontalen Balken, die das Dach stützten, entdeckte Etna welche neben alten, verrosteten Zangen und gusseisernen Hausschildern, auf denen groß die Zahl 27 stand.

Etnas Kopf schmerzte.

Julien hatte sie zum Gegenstand gemacht.

Hatte Rolf zum Gegenstand gemacht.

Julien durfte nicht Rolfs Vater werden.

Sie musste weg, weiter an den nächsten Ort, zum nächsten Namen auf ihrer Liste und dort an die nächste Tür klopfen. Aber zuerst musste sie fertig denken. Also legte sie sich der Länge nach auf die Bank, drehte sich auf den Rücken, sodass sie keinen Krimskrams, sondern nur noch die Unterseite der Dachbalken sah.

Die klaren Linien beruhigten sie, ließen sie an Abbildungen von Kniegelenken denken, und sie fragte sich, was Rolf in ihr drin wohl gerade sah – falls er schon Augen hatte.

Szenen von Geburten drängten sich ihr auf. Ein steriler Raum mit rechten Winkeln, zwischen zwei Beinen rutscht etwas raus, grob beschrieben ein Rumpf mit vier abstehenden Extremitäten plus einem Kopf, dazu wahnsinnig viel Blut und Wasser und Schleim: Schleim auf dem Kind, auf der Mutter, auf dem Boden, auf den Arbeitskleidern der Hebamme.

Trotz anstehendem Putzaufwand: Alle glücklich.

Ein neues Lebewesen, ein neuer Baum im Garten. Ab dann war es wirklich wahr. Ab dann musste man für das Kind da sein. Ab dann war man nicht nur dem Kind, sondern auch der Gesellschaft schuldig, dass alles funktionierte, dass aus dem Neugeborenen ein vernünftiges Kind mit vernünftigen Ambitionen wurde.

Etna griff sich an den Bauch. Sie hörte, wie Julien den Wasserhahn zudrehte, wie Svenja einen Stuhl verrückte und sich setzte. Etna zeichnete mit der Fingerspitze Ellipsen auf ihren Bauch: Rolf als kleinste Ellipse, ihren eigenen Körper als nächstgrößere, diese Scheune mit den hunderttausend Gegenständen als dritte, größte Ellipse. Darum herum war noch nichts. Keine Kita, keine Elterngespräche, keine Weihnachtsfeiern.

Jetzt gerade war sie außer Rolf und sich selbst niemandem etwas schuldig. Rolf existierte nur in ihr.

Die Möglichkeit einer Abtreibung bedeutete, abzuwägen, ob man sich die Verantwortung für ein neues Leben zutraute, stand für die Freiheit, entscheiden zu können.

Was, wenn es einfacher war, ein Kind nicht zu gebären, als einen Vater zu finden?

Mit einem Mal verspürte Etna große Lust auf eine Explosion. Eine Explosion, die zu Rauch, zu Erschütterungen, zu Jahren ohne Sommer, zu Erdrutschen führen würde. Eine Explosion, die so allumfassend war, dass nichts mehr so sein würde wie vorher, dass Begriffe wie Mutter und Vater überflüssig wurden.

Ein Stuhl rückte.

Svenjas Gesicht erschien in Etnas Blickfeld, schaute nachdenklich.

»Geht's?«, fragte Svenja.

»Der Yellowstone ist überfällig.«

Svenjas Gesicht verschwand, kam gleich darauf mit Juliens Gesicht zurück.

Etna musste lächeln, dachte, dass es wohl genau das war, was Rolf sehen würde, wenn er in ein paar Monaten im Kinderwagen lag: schwebende Erwachsenengesichter und Spucke, die beim Sprechen runterfiel.

Julien wich ihrem Blick aus.

»Kannst du dich bitte hinsetzen?«, fragte er. »Ich will mich entschuldigen.«

Etna blieb liegen. Julien ging neben ihr in die Hocke.

»Das vorhin war nicht fair«, sagte er, »es ist nur, es ist so viel, ein Kind. Wenn es mal da ist, ist es da. Für immer. Egal, ob du es nun bei dir hast oder nicht.«

Etna nickte und fragte, ob sie noch zum Mittagessen hierbleiben durften.

Juliens Gesichtszüge verschoben sich, wurden weich, die Vorstufe eines Lächelns erschien. Er stimmte zu, unter der Bedingung, dass Etna mit Louis sprach.

Etna rutschte ans Ende der Bank, wollte aufstehen, da klingelte ihr Telefon.

Sie zog es aus der Jackentasche.

Fünfzig, stand auf dem Bildschirm.

Von den zehn Personen in ihrem Handy, die Fünfzig hießen, kannte sie nur von einer die Nummer auswendig.

»Yellowstone, ich hab's ja gesagt«, murmelte sie.

»Bitte?«, fragte Svenja.

»Florian ruft an«, sagte sie lauter.

1998

Der Vulkan wuchs. Nicht viel, aber gerade so viel, dass es wehtat.

Die Eltern glaubten nicht an ein medizinisches Problem im engeren Sinn: zu auffällig, dass die Schmerzen gerade dann eingesetzt hatten, als Julien nach Saint-Imier gezogen war.

Besonders schlimm wurden die Schmerzen nachts. Dann stellte sie sich vor die Tür zum Elternschlafzimmer, dem einzigen Zimmer, in dem andere Regeln galten.

Sie hatte bereits gelernt, dass man nicht alle Türen auf dieselbe Art öffnete. Beim Lehrerzimmer musste man anklopfen, auch dann, wenn man sich die Knie beim Gummitwist blutig geschlagen hatte. Andere Türen öffneten sich von selbst: die zum Supermarkt oder die bei der Metzgerei.

Diese Tür hier, weiß und ohne selbst gemalte Bilder, hatte eigene Regeln. Hinter dieser Tür waren die Eltern nicht Eltern, sondern zwei Erwachsene, das war wichtig. Man durfte sie in ihrem Erwachsenensein nicht überraschen – aber wie eine Schülerin anzuklopfen, schien auch nicht richtig.

Meistens entschied sie sich für einen Mittelweg zwischen Klopfen und Nichtklopfen. Sie ließ ihren Körper geräuschvoll gegen die Tür plumpsen, drückte die Türklinke und strauchelte ins Dunkel.

Am darauffolgenden Morgen erwachte sie jedes Mal in ihrem eigenen Bett, ohne sich erinnern zu können, wie sie wieder dorthin gelangt war.

Irgendwann, als der Vater mit allen drei Kindern für eine Impfung beim Hausarzt war, fragte er schließlich nach.

Das Urteil des Arztes war nach einem kurzen Blick in die Krankenakte, in der zwei Striche Größe und Gewicht festhielten, schnell gefällt: Wachstumsschmerzen.

Der Vater erwiderte, das hätten weder Cäsar noch Pompei gehabt, und der Arzt erklärte, dass das bei Mädchen häufiger auftrete als bei Jungen.

Daraufhin achtete sie auf Körpergrößen und stellte fest, dass Frauen – wohl gerade wegen dieser Schmerzen – weniger Lust auf Wachstum hatten als Männer. Denn von den Händchen haltenden Mann-Frau-Pärchen, die sie beobachtet hatte, war immer der Mann der Größere gewesen.

Sie beschloss also, dass es besser sei, nicht allzu groß zu werden, und wurde bald überholt: zuerst von den Mädchen, dann von allen anderen, und ab der Fünften hieß es, sie solle sich beim Klassenfoto doch bitte ganz nach vorne stellen.

21

Svenja setzte sich hinter der Scheune ins Gras.

Ohne ihr Handy wusste sie nicht, wie viel Uhr es war. Zu Mittag hatten sie schon gegessen, Julien hatte Spaghetti mit Zucchetti aus dem Garten gekocht. Es musste gegen halb zwei sein.

Halb zwei hieß, dass Leo seine Mittagspause ebenfalls hinter sich hatte. Er arbeitete seit über einer Woche an einer Trockenmauer ganz in der Nähe von Brugg.

Eine Spinne kroch an Svenjas Bein hoch. Svenja schnippte sie weg, aber die Spinne kam gleich wieder zurück. Svenja packte sie an einem der Beine, warf sie Richtung Scheune und merkte, dass sie zu viel Schwung geholt hatte; zwischen ihren Fingern war das Spinnenbein kleben geblieben.

Als Kind war das ihre Superkraft gewesen: Hallo, ich bin Svenja, ich habe keine Angst vor Spinnen.

Davon waren die anderen Kinder beeindruckt gewesen. Sogar Leo, der in Costa Rica Paranoia hatte, auf ein giftiges Exemplar zu treffen, imponierte das.

Etna war unterwegs, um Florian vom Bahnhof abzuholen. Viel hatte Svenja vom Telefongespräch nicht mitgekriegt. Rea habe Florian nach der Sache gestern für ein paar Tage nicht sehen wollen, weswegen Florian mit dem Van aus der Stadt wollte – nur war der Van bereits außerhalb der Stadt, nämlich auf einem Parkplatz in Saint-Imier, und weil Florian sich geweigert hatte, Etnas Auto zu benutzen, war er nun mit dem Zug unterwegs hierher.

Ohne Etna war es ruhig.

Ruhig im Sinne von: Alle gehen ihren eigenen Tätigkeiten nach. Louis arbeitete an einem Wehrgraben um sein Hexenhaus, Julien sägte etwas zu.

Svenja hatte keine Aufgabe. Sie riss an einer Blume, die sie *Löwenzahn* und Leo *Söigügä* nannte. *Söigügä* war wirklich ein gängiges Wort. Sie hatte das verifiziert, weil sie irgendwann das Gefühl bekam, dass man in ihrer Gegenwart schweizerdeutsche Wörter frei erfand oder absichtlich uralte, unverständliche Varianten wählte.

Die Kreissäge stoppte. Das Rauschen der Pappeln sprang an die Stelle des Maschinenlärms.

Svenja legte sich der Länge nach ins Gras.

Es war schön hier.

Hier aufzuwachsen, wäre sicher prima. Im Dorf würde man sich kennen, Juliens Ex-Frau würde den Kindern am Sonntagmorgen ein Gratis-Croissant anbieten. Sie würden abends, bei windigem Wetter, den Berg hochlaufen und Drachen steigen lassen.

Svenja hielt inne, ließ die Bilder nochmals kommen: der Berg, die Drachen, die Croissants ... Berg, Drachen, Croissants ... Leo fehlte.

Sie versuchte ihn einzubauen, wie er den Drachen hielt, während sie wegrannte, wie er die Croissants aushöhlte und Konfitüre reinstrich. Es ging nicht. Leo passte nicht in diese Vorstellung.

Warum hing sie immer diesen Gedanken nach? Warum stellte sie sich ständig an fremden Orten vor, fragte sich, wie es sein müsste, hier oder dort zu wohnen, Kinder großzuziehen?

Svenja streckte ihre Arme links und rechts aus, vergrub ihre Finger zwischen Grashalmen und hielt sich daran fest.

Wenn ich ehrlich bin, begann sie.

Wenn ich ehrlich bin, versuchte sie es noch einmal.

Alles ächzte.

Sie musste an die Sicherheitsnetze denken, die dafür sorgten, dass keine Steine auf der Straße landeten, dass nichts kaputtging, keine Felsbrocken durch die Decke kamen und in ihrer Wohnung, in der Küche oder im Schlafzimmer einschlugen.

Wenn ich ehrlich bin, wenn ich genauer hinschaue, bröckelt es.

Da sind Netze, gespanntes Metall, Hunderte aufgefangene Steine. Diese Beziehung, die bald eine Ehe sein würde, war übersät und durchzogen von Netzen, die sie selbst installiert hatte, die sie selbst trug. Natürlich musste sie das allein tun – wie sollte Leo mittragen, wenn er gar nichts von deren Existenz wusste, wenn sie nicht mal selber wirklich davon wusste.

Svenja wiegte ihren Brustkasten nach links, nach rechts, hob einen Stein aus dem Netz.

Gestern Abend. Auf gestern Abend hatte sie sich gefreut. Sie hatte sich vorgenommen, nicht an die Hochzeit zu denken, einfach mal wieder mit Leo zusammen zu sein, am besten selber zu kochen, nicht was zu bestellen: zu zweit über das Menü diskutieren, dann einkaufen gehen und schneiden, dünsten, braten.

Hatte sie ihm diese Gedanken mitgeteilt, als er meinte, er würde biken gehen?

Auf dem Stein waren Sätze eingeritzt: *Ach komm, das Wetter ist wochenlang schlecht gewesen, Biken wird Leo echt guttun.* Oder: *Mein Gott, soll er etwa nicht biken gehen, nur weil du keine Lust hast, einen Abend allein zu verbringen?*

Nein. Sie hatte Leo nicht gesagt, dass ihr ein Abend zu zweit guttun würde. Sie war nicht auf den Boden gesunken und hatte erklärt, dass sie ihn vermisste, dass sie die Zeit vermisste, in der sie zusammen albern waren, in der er ihr sagte, dass sie witzig und klug sei. Sie vermisste das Gefühl, Leo anziehend zu finden. Sie vermisste das Gefühl, ihn ehrlich zu lieben.

Ehrlich.

Da war es.

Sie war nicht ehrlich zu sich selbst. Wahrscheinlich schon seit Wochen und Monaten nicht. Dabei wollte sie ehrlich sein, sie wollte dieser Ehe eine Chance auf Leben geben. Aber um zu dieser Ehrlichkeit zu gelangen, müsste sie jeden einzelnen Stein im Netz in die Hand nehmen, ihn Leo zeigen, den Stein mit ihm zusammen aus dem Netz heben. Sie müsste die Stahlseile lösen, entflechten, üben, Steine fallen zu lassen. Sie musste Worte finden für das, was sie bisher einfach weggeschwiegen hatte. Konnte sie das? Konnte sie Leo das antun? Alles noch mal neu denken?

Oder wurde es Zeit? Zeit, weiterzuziehen?

Svenja spürte etwas auf ihrem Arm.

Sie drehte den Kopf.

Auf einer weichen, unbehaarten Stelle ihres rechten Unterarmes marschierten sechs Beine und zwei Fühler hin und her.

Eine Wespe.

Nicht bewegen, befahl sich Svenja, still bleiben, einfach still bleiben, dann passiert nichts.

Leo, dachte sie, Leo, Leo, Leo.

Und da, beim vierten Leo, stach die Wespe zu.

Die Sache mit den Kopfhörern

Er hat an mich gedacht.

Wiederholte Svenja immerzu, während sie durch die Altstadt lief.

Er hat an mich gedacht.

Er hat an mich gedacht.

Er hat an mich gedacht.

Während sie immer schneller ging, sah sie ihren und Timothys Körper, sah, wie er seine Finger um ihren Nacken legte, was sie mochte, sehr mochte, er würde wissen, dass sie das mochte, ohne dass er danach fragen müsste – oder: Er würde danach fragen, würde ihr zuhören und würde es danach jedes Mal wieder tun, die Finger um ihren Nacken legen.

Das mit Timothy musste aufhören.

Sie hatte ihn nicht geküsst, aber er hatte an sie gedacht, und sie auch an ihn, immer und immer wieder. Sie nahm die Treppenstufen bis nach oben, warf den mit Berufkraut gefüllten Plastiksack achtlos in die Ecke.

Zitternd schob sie den Schlüssel ins Loch und betrat die Wohnung.

Sie musste zu Leo. Sie wollte sich an ihn drücken, seinen Körper spüren, seine Lippen küssen, sie musste ihm nah sein, ihn anfassen.

Die Wohnung war still, und Svenja versuchte ebenfalls ruhig zu werden.

Leo musste gelüftet haben, es war kühl und dunkel.

Svenja schlüpfte aus ihren Schuhen, zog im Gang Hose und T-Shirt aus, stellte sich vor die Schlafzimmertür. Sie wollte ihn nicht wecken, wollte direkt zu ihm unter die Decke.

Vorsichtig drückte sie die Klinke. Leo lag schlafend am Bettrand. Das wenige Licht der Straßenbeleuchtung schien auf seinen nackten Oberkörper. Er hatte nur Boxershorts an, eine Hand ragte über das Bett hinaus, sein Mund stand offen.

Svenjas Herz verfestigte sich, beruhigte sich, wurde stark.

Für keinen Timothy der Welt würde sie diesen Anblick hier eintauschen wollen.

Was hatte sie sich nur gedacht?

Hier wollte sie sein.

Hier war ihr Zuhause.

Hier lag der Mann, der sie liebte, der ihr zuhörte, der ihre Witze lustig fand.

Süß sah er aus, wie er da lag, beinahe wie ein Kind.

Sie trat näher an ihn ran, zog ihm langsam den weißen Airpod aus dem Ohr.

Wahrscheinlich hatte er einen Podcast gehört und war eingeschlafen.

Sie hielt sich den Kopfhörer ans Ohr, hörte mehrere Stimmen, die gemeinsam stöhnten. Dazwischen das Aneinanderklatschen mehrerer Körper.

Plötzlich wurde ihr kalt.

Nachricht von: Leo Stierli

Gesendet am: 16. August 2023 um 13:15

Muss ich mir Sorgen machen? Bin extra nach Hause über Mittag. Ist alles in Ordnung bei dir? Ach ja, die Ballons wurden übrigens geliefert, nicht dass das hier irgendjemanden interessieren würde, es geht ja schließlich nur um unsere Hochzeit …

Nachricht von: Leo Stierli

Gesendet am: 16. August 2023 um 13:16

Sorry … bin einfach verwirrt gerade, wir können die Ballonsachen ja nachher zusammen auspacken. Bin einfach froh, wenn ich was von dir höre.

Nachricht von: Leo Stierli

Gesendet am: 16. August 2023 um 13:26

Sonst ruf ich dich noch an, haha.

21

Etna sah gleich aus wie gestern. Er hätte nicht überrascht sein sollen und war es trotzdem. Wie Etna aus dem Van stieg und auf ihn zulief, wie der Wind einzelne Haare erfasste, wie sie stehen blieb und so anders aussah als zu dem Zeitpunkt, da sie ihn noch grinsend Fleur oder Frolian genannt hatte.

Sie setzte zu einer Umarmung an, hielt aber abrupt inne, streckte nur die Arme in die Luft, sagte: »Können wir mit dem Van noch kurz zu Julien fahren? Unsere ganzen Sachen sind noch hinten drin.«

Florian nickte, obwohl er hundert Fragen hatte.

»Sowieso«, fuhr Etna fort, »ich wollte dir deinen Van nicht stehlen. Aber weißt du, im Mini hätten Svenja und ich keinen Platz zum Übernachten gehabt. Sie ist ein gutes Stück größer als ich.«

Florians Blick wanderte zu Etnas Bauch. Er stellte die erste Frage auf seiner Liste: »Du bist wirklich schwanger?«

»Ja, aber Rolf hat noch keine Beine. Und noch keinen Vater.«

Florian ließ seinen Kopf in den Nacken fallen.

»Normal ist bei dir wohl einfach keine Option, was?«

2006

Während alle anderen die Kränze für den Rutenzug banden, schlich sie sich mit Filloreta in den kühlen Computerraum. Filloreta wollte ihr unbedingt eine Webseite zeigen. Youtube. Sie war fasziniert. Jedes Video, sagst du? Komplett legal? Filloreta gab »Pingu« ein, sie lachten laut, fanden deutsche und englische Videos und einen Franzosen, der Weitsprung in eine Baugrube machte.

Nach dem Rutenzug begannen für den Vulkan die langen Sommerferien, Filloreta, Sarah und Nadja starteten ihre Lehre.

Sie hatte keine Pläne. Also setzte sie sich vor den Familiencomputer und gab den Namen wieder ein: Youtube. Es funktionierte. Die Startseite füllte sich innerhalb von wenigen Sekunden mit Videovorschlägen.

In der ersten Ferienwoche waren es Origami-Videos. Bald füllten Kraniche, Schwäne und Papageien ihren Schreibtisch.

In der zweiten Ferienwoche kaufte sie sich einen Stift, der breiter schrieb, wenn man fest draufdrückte. Die Kalligrafie-Videos waren mit atmosphärischer Musik hinterlegt, was gut zu dem trüben Wetter passte.

Das Wetter wurde wieder besser, und die Entspannungsmusik begann sie zu nerven. Sie suchte nach richtiger Musik. Musik, die nicht im Radio gespielt wurde. Zuerst aus Ecuador, dann aus Finnland, dann aus Vietnam, dann aus Äthiopien. In der dritten Ferienwoche blieb sie bei einer

Pianistin und Violinistin namens Emahoy Tsegué-Maryam Guèbrou hängen.

Den Eltern entging nicht, dass ihre Tochter den Computer seit Neustem für andere Dinge als Word und Paint benutzte, und sie redeten davon, dass das Wetter nun wieder schön genug sei, um nach draußen zu gehen. Also drehte sie die Lautstärke voll auf, öffnete das Fenster und rannte mit der Trompete in den Garten, um zu Emahoy Tsegué-Maryam Guèbrou zu improvisieren, bis die Nachbarn darum baten, Etna möge doch bitte wieder mehr Zeit in Innenräumen verbringen.

In der vierten Ferienwoche wurde Pompei krank und beanspruchte den Computer für sich, also begann sie Tagebuch zu führen, was sie in der fünften und letzten Ferienwoche bereits wieder aufgab.

Irgendwann lag der Brief des Gymnasiums mit der Klassenzuteilung und dem Stundenplan im Briefkasten, und Maja, die ihre Trompetenlehrerin werden würde, rief an und fragte, an welchen Wochentagen sie Zeit für den Instrumentalunterricht habe.

Beinahe hätte sie den Telefonhörer fallen gelassen. Die Trompetenlehrerin war die einzige Lehrperson, die sie beindrucken wollte. Und wie beindruckte man jemanden? Mit einem durchgestreckten Rücken, mit elegant gewählten Worten, mit Geduld beim Zuhören und einer sauber geführten Agenda. Also mit lauter Dingen, über die sie nicht verfügte.

»Alles gut bei dir?«, fragte Maja.

»Ich habe noch keine Agenda«, gestand sie, »morgen werde ich eine kaufen gehen.«

»Bist du nervös?«

Sie nickte unhörbar.

»Schau, sei beim Schulstart einfach du selbst, alles andere ist zu anstrengend. Oder wie ein kluger Musiker mal gesagt hat: *When a person decides to be themselves, they offer something no-one else can be.*«

Sie prägte sich die Worte ein und fand mit zwei, drei Klicks das Video, in dem 50 Cent diese Worte sagte.

Sie schrieb sie in bester Kalligrafie-Schrift auf einen Zettel und hängte ihn über ihr Bett.

22

Etna fuhr mit dem Van auf die Wiese neben Juliens Haus und stieg, ohne Florian mit seiner übergroßen Tasche auf dem Schoß behilflich zu sein, hastig aus.

Etwas stimmte nicht.

Svenjas Körper lag in einem Liegestuhl, der Arm unnatürlich weggestreckt.

Julien und Louis waren über Svenja gebeugt.

Etna schlug die Autotür hinter sich zu, sprintete los, roch die ganze Panik in der Luft, die feine Spur Erstaunen, und fühlte sich, als hätte sie alles verpasst.

Dann drückte die Sorge um Svenja durch. Was war los?

Hatte sie einen Schwächeanfall?

War ihr all das – das Gold, das Blut an ihrem Ehering – zu viel geworden?

»Une guêpe«, rief Louis und winkte mit den Armen.

Etna verlangsamte ihre Schritte.

Eine Wespe?

»Wir brauchen Svenjas Rucksack«, rief Julien, »der Epi-Pen ist da drin.«

Etna rannte zurück zum Van, wo Florian immer noch mit Aussteigen beschäftigt war. Zwischen seinen Beinen fand sie, was sie suchte, erwischte den Rucksack an den Freundschaftsbändern und rannte zurück. Die Bänder hielten, das wusste sie, sie wusste, dass die verdammt lange hielten.

Julien ging vor ihr in die Hocke, Etna drehte den Rucksack auf den Kopf, alles fiel raus: die kleine Ringschachtel, ein dünner Pulli, ein Hunderterset Briefmarken und eine Packung ökologischer Waschtabs. Etna kannte die Tabs von der Post, wo sie angeboten wurden, und hatte sich immer gefragt, was die Post mit dreckiger Wäsche am Hut hatte und wer beim Anstehen dachte *Oh, nice, Waschtabs!* Svenja gehörte ganz offensichtlich dazu, und jetzt lag sie hier, halb tot, auf einem Liegestuhl, und das durfte nicht das Ende sein!

»Na los, na los!«, stresste Julien.

Svenja meldete sich, ihre Stimme war nicht schwach, nicht röchelnd, eher etwas genervt, als sie erklärte, dass es so schlimm doch gar nicht sei.

Etna griff in ein Innenfach des Rucksacks. Der EpiPen musste hier irgendwo sein, wenn Svenja allergisch war, dann wusste sie das, dann hatte sie dabei, was es brauchte, damit sie nicht an einem Wespenstich starb, weil niemand an einem Wespenstich sterben sollte, niemand sollte sterben, bloß weil das eigene Immunsystem zu viel tat.

»Vielleicht habe ich noch ein Antihistamin irgendwo?«, fragte Svenja, »eine kleine rot-weiße Packung, ist die nicht da?«

Florian kam hinzu, verschränkte die Arme, erklärte: »Allergien sind unberechenbar. Die werden mit jedem Mal schlimmer. Ich würde mich nicht auf Antihistamin beschränken. Der EpiPen ist die sicherere Wahl«

Etna zippte einen Reißverschluss auf, griff hinein und spürte endlich etwas Langes, Glattes, zog es heraus. In ihrer Hand: durchsichtiges Plastik, eine rote Kappe.

»In den Oberschenkel«, sagte Julien, »im Film geht's doch immer in den Oberschenkel, hab ich recht?«

»Sollten wir das nicht zuerst googeln?«

»Oberschenkel!«, stellte Svenja klar.

Etna zog die rote Kappe ab.

»Durch den Stoff?«, fragte sie.

»Los!«, rief Julien.

Louis wandte sich ab und hielt sich die Ohren zu.

Etna biss sich auf die Lippe, drehte den Stift in der Hand, versuchte, nicht auf drei zu zählen, weil, wer auf drei zählte, Zeit hatte, sich umzuentscheiden, also presste sie mit dem EpiPen eine Kuhle in Svenjas Körper und drückte ab.

Jemand schrie.

Etnas Herz begann zu rasen.

Der Schrei riss ab.

Etna merkte: Der Schrei war von ihr gekommen.

Sie schrie wieder, dieses Mal nicht wegen dem stechenden Schmerz, sondern aus Panik, die sich in ihrem Körper breitmachte, ausgehend von ihrem Daumen, der ein kleines, blutiges Loch aufwies.

Dann die Erkenntnis, die Florian – natürlich Florian, der verdammte Künstler – als Erster in Worte zu fassen wusste: »Etna hat sich selbst gestochen«, verkündete er, und dann kam die Frage, wo das nächste Spital war.

Julien und Florian rannten davon.

Etna schaute ihnen nach, fand dann Svenjas Gesicht.

Sie sah furchtbar aus, die Lippen geschwollen, die Augen rot.

Svenja hob ihren unversehrten Arm, machte eine vage Bewegung Richtung Wiese, sagte: »Beweg dich!«

Etnas Blick verlor sich in Svenjas Lippen, die aussahen, als hätte sie was machen lassen, was ja irgendwie stimmte, *une guêpe* hatte was gemacht.

»Etna, hörst du mich?«, sagte Svenja. »Du musst rennen, du bist voller Adrenalin, du hast die ganze Spritze abgekriegt, du musst dich bewegen, um es abzubauen.«

Etna nickte, aber ihre Füße wollten sich nicht bewegen. Also bewegte sie lediglich die Arme: nach oben, nach unten, der gestochene Finger schmerzte, das Herz hämmerte, hämmerte, hämmerte, während ihre Arme flatterten.

»Huiiii«, sagte Etna, und die i-Tüpfelchen tanzten ihr um die Ohren.

Svenja begann zu lachen, ein tiefes, kehliges Lachen.

Florian und Julien riefen sich Dinge zu, die nichts zu bedeuten hatten, und diese Bedeutungslosigkeit wurde untermalt vom Rauschen der Blätter der hundert Meter langen Allee.

Etna musste an Microdosing denken, an Mikroplastik und Meerengen und Rohrohrzucker und daran, dass Männer die Ringgröße von Verlobungsringen immer falsch angaben. Sie dachte an Alain, erschuf einen Körper für die Stimme, die sie aus Sprachnachrichten kannte, erschuf eine Wärme, die den Körper belebte, einen Augenaufschlag, der zu seinem Durchhaltewillen passte, und während sie das tat, war sie sich für einen kurzen Moment sicher, dass das reichen könnte, damit er gleich um die Ecke kommen würde.

Der Moment war vorbei.

Alain war weg, das Gold immer noch da, verborgen in der Erde, zersprengt in furchtbar kleine i-Tüpfelchen, in einem Untergrund, der dem Obergrund zu nichts verpflichtet war.

Huhu, ich bin's, die Schweiz, säuselte eine leise Stimme in Etnas hochpulsierendem Kopf. Komm, liebes Gold, komm zu mir. Ich kann dich rein machen; rein von anderen Metallen, vom Schmutz, der dich umgibt, von der Schuld, die sich an dich geheftet hat, als du dem Untergrund entzogen wurdest. Komm zu mir, du kleines Tüpfelchen, ich verpasse dir Glanz und einen neuen Mantel: Origin? Whothefuckcares.

23

Florian saß am Steuer und versuchte mitzuhalten, versuchte, sich an alles zu erinnern, was Etna ihm über Julien erzählt hatte.

»Direction urgence«, rief Julien, der mit Louis auf der Matratze lag.

Florian folgte dem Straßenschild. Das Spital war klein und sah eher aus wie ein Altersheim: rote Sonnenstoren, beste Hanglage, zuoberst großzügige Terrassen.

Svenja und Etna teilten sich den Beifahrersitz. Svenjas Atem röchelte, Etna saß mit weit aufgerissenen Augen zwischen Svenja und der Autotür.

Florian schaute auf seine Fitnessuhr und stellte erstaunt fest, dass *sein* Herz ganz regelmäßig schlug. Auch als er den Motor abstellte und eine Pflegerin ihnen entgegenkam, wurde er nicht nervös. Fast so, als wäre er am Morgen mit dem Wissen aufgestanden, dass genau das hier passieren und bis am Abend alles gut kommen würde.

Julien übernahm das Sprechen.

Er erklärte, dass sie eine Patientin mit einer Wespenallergie und eine Patientin mit einer Adrenalinüberdosis hätten.

Die Pflegerin nickte.

»Elle est prégnante«, ergänzte Florian.

»Enceinte«, korrigierte Julien.

»Laquelle?«, fragte die Pflegerin.

Etna hob die Hand, an der immer noch ein wenig Blut klebte.

Svenja und Etna mussten mit, verschwanden durch die Schiebetür, während Julien, Louis und Florian ins Wartezimmer geschickt wurden.

Weil Julien den Van auf einem der Besucherplätze parkieren und mit Louis auf den Spielplatz gehen wollte, betrat Florian das Wartezimmer allein. Im kleinen Raum standen ein Aquarium und zwei Reihen tulpenrote Stühle. Florian nahm vis-à-vis des Aquariums Platz.

Während er dem größten der fünf Fische dabei zusah, wie er sich durchs Wasser pflügte, wurde ihm bewusst, was gerade passiert war. Und wie mitgenommen Etna ausgesehen hatte.

Julien betrat mit zwei Schokoriegeln den Warteraum.

»Louis wollte im Van bleiben, ich hoffe, das ist okay. Er kommt sicher gleich nach, er kennt den Weg.«

Florian griff nach einem der Riegel.

»Dein Deutsch ist gut«, lobte Florian, »fast akzentfrei.«

Julien setzte sich hin, streckte die Beine aus.

»Wegen Etna, ja. Sie hat dir den Van geklaut?«

»Getauscht, sagt sie.«

Julien musste lachen.

»Daran habe ich ewig nicht gedacht! Es gab früher dieses Tauschspiel im Quartier. Man nimmt etwas, das man nicht mehr braucht, spricht Leute an, tauscht die Sache gegen eine andere ein. Man tauscht so lange, bis man etwas hat, das einem gefällt.«

»Ich wünschte, ich hätte Etna als Kind gekannt«, sagte Florian, »das ist ein Puzzleteil, das mir fehlt.«

Ein Putzfisch arbeitete sich an der Scheibe hoch.

»Ihr wart mal zusammen?«

»Zwei Jahre, ja.«

»Sie sagt, sie sei schwanger.«

Florian biss vom Riegel ab und nickte.

»Wollte sie auch, dass du Papa für ihr Kind wirst?«

Florian nickte wieder. »Dabei wollte sie mich nicht mal heiraten.«

»Sie hat dich vor dem Altar stehen lassen?«

»Meinen Antrag hat sie angenommen. Zuerst war alles gut, dann ist sie immer stiller geworden. Nach zwei, drei Wochen habe ich sie im Badezimmer liegen sehen, nackt auf den Fliesen, sie hat nur noch an die Decke gestarrt. Da wusste ich, was kommen würde.«

»Kennst du die andere, Svenja?«

Florian konnte gerade noch beobachten, wie der große Fisch den Putzfisch anstieß, der die Scheibe entlang nach unten fiel und sich in den Sand eingrub.

Er lachte auf.

Nicht wegen dem Fisch, sondern weil ihm gerade etwas klar geworden war. Dass er nicht sofort darauf gekommen war.

»Was?«, fragte Julien.

»Etna!«

»Was meinst du?«

»Svenjas Verlobter ist Etnas Ex aus der Oberstufe! Entweder das, oder es gibt mehr Männer als gemeinhin angenommen, die Freundschaftsbänder knüpfen.«

»Leo heißt er, hat sie mir erzählt.«

»Leo, klar! Das war Etnas erster Freund.«

»Was willst du damit sagen?«

»Das Tauschspiel! Sie will Svenjas Verlobten als Vater für ihr Kind.«

Jetzt war es Julien, der lachte.

»Sicher nicht«, sagte er.

Florian steckte das Ende des Riegels in den Mund und

zuckte mit den Schultern. »Ich dachte nur. Ich meine, wir sitzen hier zu zweit in einem Wartezimmer, und das Einzige, was uns verbindet, ist Etna. Alles hier ist mit ihr verbunden. Sie kann die Fäden ziehen, wie sie will.«

Julien klopfte ihm auf die Schulter. »Kann es sein, dass du eine schwierige Trennung hinter dir hast?«

Louis kam mit einem grünen Turnsack ins Wartezimmer. Sein Atem ging schnell, wahrscheinlich war er die ganze Strecke gerannt.

»Regarde«, rief er und hielt den offenen Turnsack seinem Vater entgegen, »regarde, papa, de l'or!«

24

Unter dem Bettbezug spürte sie Plastik. Als man sie aufgefordert hatte, sich hinzulegen, hatte sie es gemerkt: Da war eine ganze Schicht Plastik unter ihrem Körper, um die Matratze vor den Absonderungen ihres Körpers zu schützen. Dabei hätte sie jetzt gern gepinkelt, und zwar so lange, bis die ganze Matratze vollgesogen war. Aber alles, was ihr Körper zustande brachte, waren ein paar lausige Tränen.

Die abklingende Nesselsucht juckte. Ihre Lippen fühlten sich geschwollen an, und ihre Augen waren sicher immer noch Furcht einflößend rot, obschon das verabreichte Adrenalin bereits half.

Svenja schaute nach oben zu den kleinen Löchern in den schalldämpfenden Deckenplatten.

Allergien zeigten sich immer erst beim zweiten Kontakt. Der erste Wespenstich hatte bloß ein wenig wehgetan, erst der zweite hatte ihr die Luft genommen. Irgendwann hatte sie versucht, ihre Allergie als Marker auf einem langen Zeitstrahl zu verstehen. Bei ihren Eltern musste noch ein Heft rumliegen, das sie mit einem Klebeschild *Mein Wespentagebuch* getauft hatte und in dem nur zwei Seiten beschrieben waren: *Ich mit zwölf Jahren* und *Ich beim nächsten Stich*. Mit zwölf hatte sie versucht, sich vorzustellen, wie ihr Leben aussehen würde, wenn sie das nächste Mal gestochen werden würde. Wer dann an ihrem Krankenbett auf sie warten würde, ob sie allein – oder noch besser: in einer WG! – wohnen würde.

Jetzt war sie dreißig, und niemand saß an ihrem Krankenbett. Sie verstand die Sprache des Pflegepersonals nicht und wusste genau genommen nicht einmal, in welches Spital Julien und Florian sie gefahren hatten. Ein Teil in ihr sehnte sich nach Leos Wärme, und ein genau gleich großer Teil sehnte sich danach, hierzubleiben, hier zu leben, nichts zu verstehen, an niemanden gebunden zu sein, auf Raststätten Bulgur zu essen, ohne gespannte Seile, nur sie selbst in einer völlig neuen Umgebung.

Sie spürte den Platz, der sich in ihrem Kopf auftat. Und sie verstand, dass sie schon immer die Freiheit gehabt hatte, Leo nicht zu heiraten, nicht in die Schweiz zu ziehen, ihn am Straßenrand nicht zu küssen, auf seine allererste Nachricht nicht zu reagieren.

Svenja drehte den Kopf, schaute zu den anderen Menschen im Zimmer und wünschte sich, ebenfalls einen gebrochenen Arm zu haben. Oder eine angerissene Sehne. Irgendwas Sichtbares. Eine Verletzung, bei der völlig klar war: So heiratet man doch nicht. Aufschub. Sie wollte Aufschub. Sie wollte alles noch einmal durchgehen. Alle Schritte, vom ersten Blick bis hierher. Sie hatte Leo küssen wollen, sie hatte seine Nachrichten beantworten wollen – aber wenn sie an die Hochzeit in drei Wochen dachte, dann spürte sie sogar durch die Nesselsucht hindurch, dass da ein wortloser Widerstand war.

Sie musste alles nochmals durchgehen, ehrlich, mit Leo, offen. Und dann neu entscheiden, was sie wollte – und was nicht. Wäre sie dazu überhaupt fähig? Noch einmal einen Menschen zu verlieren? Die Trennung von Jarne hatte wehgetan, was, wenn die nächste ihr komplett die Luft nehmen würde?

Svenja schaute wieder nach oben zur Decke, ratlos, energielos, seltsamerweise froh darüber, ausgestreckt auf

Plastik zu liegen. Vielleicht war das der Meilenstein, den sie gebraucht hatte. Danke, liebe Wespe. Oder hatte sie sich letzten Endes mehr oder weniger absichtlich in diese Situation gebracht? War sie mit Etna mitgegangen, damit Leo endlich fragen würde, was zur Hölle mit ihr los sei? Damit sie gezwungen war, Worte dafür zu finden?

Sie spürte so viel Angst! Angst vor dem, was da war – was sowieso da war, auch wenn sie nicht daran dachte –, Angst vor den Konsequenzen, die sich aus dem Ehrlichsein ableiten würden. Kein Wunder, dass sie nicht schlafen konnte. Lieber dachte sie an Programmierprobleme, als auf die Stahlseile zu stoßen, auf die Arbeit, die sie dort erwartete. Und unter keinen Umständen wollte sie auf den gut verborgenen Gedanken stoßen, den sie als Kind verinnerlicht hatte: Du kannst auch gehen.

Sie musste mit Leo sprechen.

Sie musste ihn anrufen und ihm sagen, dass sie im Spital lag, dass das aber nicht die wahre Katastrophe war.

Und was sollte sie sagen, wenn er fragte, was die wahre Katastrophe sei?

Ich liege auf Plastik?

Ich kann dich jetzt nicht heiraten?

Niemals stecke ich diesen Goldring an?

Was, wenn er nur »Oh« sagen und mit den Schultern zucken würde?

Etna betrat das Zimmer, und Svenja wurde klar, dass sie für all das auch Freunde brauchte. Freunde, die ihr, ohne Fragen zu stellen, einen Platz zum Schlafen ausliehen, sollte alles durch die Decke gehen.

»Hallo«, sagte Etna, ihre Stimme klang löchrig.

»Wie geht es dir?«, fragte Svenja.

Ihre weiße Bluse roch nach Schweiß. Es war komisch, sie von unten anzuschauen.

»Ich bin immer noch auf Adrenalin«, antwortete sie, »aber es geht. Hast du geweint?«

Svenja wollte ihr Gesicht trocken wischen, entschied sich aber dagegen. Sie hatte geweint. Na und.

Etna fuhr sich mit beiden Händen durch die Haare.

»Soll ich dir was Tröstendes erzählen?«

Svenja schloss in Zustimmung kurz ihre Augen.

»Ich finde deinen Willen bewundernswert. Vorhin, bei der Fahrt hoch ins Spital, habe ich mir gedacht: Du bist wie der Mast einer Hochspannungsleitung. Du schaust, dass die Dinge in die richtige Richtung laufen.«

Svenja blies Luft aus dem Mund.

Etna fuhr fort: »Das mit dem EpiPen passiert übrigens häufiger, als man denkt. Zumindest hat die Ärztin das gesagt. Ich muss nachher in den Ultraschall, sie wollen nach Rolf sehen, um ganz sicher zu sein, dass es ihm gut geht.«

Etna zog Handy und Ladegerät aus Svenjas Rucksack und fragte, ob sie es aufladen solle. Svenja bejahte.

»Ich schaue nach meinem Ultraschall wieder bei dir vorbei«, sagte Etna.

»Warte«, rief Svenja, und Etna wartete.

»Ich wollte dich fragen«, begann Svenja, »was du bei mir und Leo gerochen hast, mit deiner Nase, was wir ausgesendet haben, als wir bei dir waren, um die Ringe auszusuchen?«

»Mein Großvater hat mir beigebracht, mich nicht einzumischen. Die Dinge nehmen sowieso ihren Lauf.«

Svenja murmelte ein *bitte.*

»Was soll ich denn sagen?« Etna verwarf die Hände. »Du heiratest Leo Stierli! Ich wurde überflutet von Gerüchen, an einige erinnerte ich mich von damals, an andere nicht. Das ist auch der Grund, weswegen ich euch so schlecht beraten habe, nicht willentlich, aber es war einfach so schwierig, sich zu konzentrieren. Sonst hätte ich Leo schon beim ersten Termin sagen können, dass ein breiter Ring protzig aussieht.

Jedenfalls: Wenn Frischgetrennte bei uns ihren Ring wieder zurückgeben, höre ich oft, dass sie gedankenlos geheiratet haben, dass sie Fragen wie: Was machen wir, wenn ich mich in jemand anderes verliebe? Wie reagieren wir, wenn ich eine Auszeit brauche? Wenn ich dich nicht mehr attraktiv finde?, nie thematisiert haben.

Bei dir rieche ich eine Angst, die Leo nicht hat – was deine Angst wiederum verstärkt, weil er sich so sicher ist. Versteh mich nicht falsch, man ist sich im Leben selten einhundert Prozent sicher, und in die Zukunft schauen kann niemand, aber du solltest ehrlich mit ihm sein, dieser Angst Raum geben, sonst bist du auch zu dir nicht ehrlich.«

Svenja überlegte, ob sie antworten sollte, dass Hindernisse Stufen seien, auf denen wir in die Höhe steigen, ließ es aber sein, weil sie merkte, wie Etna die Hand auf ihren Bauch legte.

»Warum hast du gestern eigentlich keine deiner Freundinnen gefragt, ob sie mitkommt?«

»Ach«, antwortete Etna, die sich schon zum Gehen umgewandt hatte, »meine Freunde arbeiten alle werktags.«

Das Plastik knisterte, als sie sich vorbeugte.

Sie schaltete ihr Handy ein. Für einen kurzen Moment sah sie ihr aufgedunsenes Gesicht auf dem dunklen Bildschirm, dann wählte sie Leos Nummer.

Es piepste.

Dann seine Stimme.

Die Sache mit dem Kuss

An Leo fiel Svenja als Erstes auf, dass er kleiner war als sie. Nicht viel, aber gerade so viel, dass sie den Kopf automatisch leicht schräg legte, die Hüfte einknicken ließ, wenn sie mit ihm sprach, damit es niemandem in der Sprachschule auffallen würde.

Dass sie vermessen wurden, war kein Geheimnis. Die meisten waren nach Costa Rica geflogen, um jemanden kennenzulernen. Und alle warteten darauf, dass zwei aus der Gruppe den ersten Schritt tun würden. Es ging darum, einen Präzedenzfall zu schaffen. Siehst du die beiden? Verrückt, wie schnell das bei denen gegangen ist.

Svenja hätte nicht gedacht, dass sie diejenige sein würde, die diesen Präzedenzfall schaffen würde. Sie wusste, was sie konnte. Sie konnte in vier Sprachen programmieren, ein intelligentes Gespräch führen und rasch auf ihr Gegenüber reagieren, sie konnte jemanden lieben und eine Wohnung so einrichten, dass alles seinen Platz hatte.

Als anziehend hätte sie wohl niemand beschrieben, nicht auf diese Weise, die durch einen ganzen Raum strahlte. Ihre Anziehung entfaltete sich in der Nähe, davon war sie überzeugt, man musste genau hinschauen, um ihren Wert zu erkennen, wie bei der Mikroschrift auf dem Hundert-Euro-Schein.

Leo musste gute Augen haben. Oder es war ihm schlichtweg egal, ob der Hundert-Euro-Schein nun echt war oder nicht.

Jedenfalls lachte er laut über ihre bösen Bemerkungen, zum Beispiel zur Kaffeequalität, und reservierte ihr in der Zehn-Uhr-Pause ein großes Stück Ananas vom Buffet, nachdem sie mal erwähnt hatte, dass sie auf die Früchte dort – im Gegensatz zu denjenigen, die man in Deutschland kaufen konnte – nicht allergisch reagierte.

Als Zweites fiel ihr auf, dass Leo oft Schweizerdeutsch mit ihr sprach. Zuerst ärgerte sie das, weil sie auch mit voller Konzentration nur die Hälfte verstand. Aber als Leo ihr nach ein paar Tagen erklärte, dass er automatisch in seinen Dialekt falle, weil er das Gefühl habe, sie schon seit Ewigkeiten zu kennen, verflog ihr Ärger.

Solche Worte fand Svenja schön und mutig.

Sie fand, Leo könne über Dinge sprechen, über die andere Männer lieber schwiegen.

Worüber Leo trotzdem geschwiegen hatte: dass er an einem Ort aufgewachsen war, von dem man nicht wegzog. Dass er in den nächsten drei, spätestens vier Jahren heiraten und das Haus seiner Eltern übernehmen wollte.

Ihr erster Kuss geschah an einer Straßenkreuzung in San José. Leos Lippen waren weicher als die von Jarne, aber seine Technik war nicht optimal. Sie küssten sich, und Svenja spürte, dass dieser Mensch ihr niemals wehtun würde, sie küssten sich, bis jemand im Vorbeifahren hupte.

Letzteres erzählte Leo bis heute oft und gern – wir haben uns so lange geküsst, bis die Autos gehupt haben!

Obwohl, und das wussten alle, die mehr als einen Tag in der Hauptstadt verbrachten, in San José eigentlich ständig jemand hupte.

25

Als Etna das Behandlungszimmer betrat, zog die Gynäkologin an einer Papierrolle und bedeckte den dunkelblau gepolsterten Untersuchungsstuhl mit makellosem Weiß, und dieses Weiß, das aussah wie ein leeres Prüfungsblatt, machte Etna nervös.

Sie blieb zwischen Pult und Behandlungsstuhl stehen und wusste nicht, wo sie hinschauen sollte. Ob zu der Frau mit der Patientenakte, auf den Behandlungsstuhl oder doch an die Wände, an denen Poster mit Erklärungen zu Verhütungsmitteln und Mutterbäuche unterschiedlicher Schwangerschaftsmonate hingen.

Etna entschied sich für das Naheliegendste, sie schaute auf ihre Füße, die in schwarzen geschlossenen Schuhen steckten, die sie sich extra für die Arbeit bei Schmuckes gekauft hatte und die jetzt von einer Schmutzschicht bedeckt waren, die verriet, dass Etna vom Weg abgekommen war.

Es waren dieselben Schuhe, die sie an der Messe in Basel getragen hatte, also auch dieselben, die auf dem Boden des Hotelzimmers gelandet waren, bevor Fünfzig und sie Sex hatten und Rolf zeugten. So war es wohl: Alle Geschichten hatten irgendwo ihren Anfang.

Die Geschichte des Golds begann mit seiner Bergung aus dem Boden. Davor war es nur ein x-beliebiger Bestandteil der Erdkruste. Erst als der Mensch es fand – beim Ausheben einer Höhle, beim Fischen in einem Bach – und merkte, wie leicht es sich formen ließ und wie schön es glänzte, erst da wurde Gold zu dem, was es heute war.

Ihre eigene Geschichte hatte vor dreiunddreißig Jahren begonnen, als Cäsar und Pompei sich prächtig entwickelten und ihre Eltern sich sicher waren, dass ein Kind mehr keinen erheblichen Zusatzaufwand darstellen würde. Und die Geschichte dieses Untersuchungszimmers in einem Spital mitten im Juragebirge musste ihren Ursprung irgendwo in einem Paragrafen haben.

»Frau Schmied«, begann die Ärztin, die sich unterdessen auf einen Drehstuhl gesetzt hatte, »Sie haben bei der Einlieferung angegeben, dass Sie schwanger sind. Wir möchten darum das Kind beobachten. Ein ziemlich außergewöhnlicher Fall. Studien zur Toxizität von Adrenalin bei Frühschwangerschaften gibt es nicht. Aber ich denke nicht, dass wir etwas zu befürchten haben. Ist es Ihre erste Schwangerschaft?«

Etna sagte, ja, und es sei noch ganz frisch.

»Dann ziehen Sie doch bitte Schuhe, Hose und Unterhose aus. Wir machen einen Transvaginalultraschall. Geht ganz schnell.«

Etna hob die Augenbrauen.

»Keine Sorge«, fügte die Ärztin noch hinzu und lächelte. Aber Etna konnte dem Lächeln nichts abgewinnen, sie wusste selbst ganz genau, wie man Kundinnen anlächelte, um das zu erreichen, was man wollte, und die Ärztin wollte möglichst wenig Zeit verlieren, bis Etna auf dem Untersuchungsstuhl saß. Oder wollte sie einen medizinischen Durchbruch erreichen? War Etna der erste Fall einer Frühschwangeren, die einen EpiPen abgekriegt hatte? Vielleicht konnten hier neue Erkenntnisse gewonnen werden, die die Ärztin in einem Fachmagazin publizieren würde.

»Ausziehen können Sie sich hinter dem Vorhang.«

Ohne Hose fühlte sie sich ausgestellt. Ihr war nicht nach Beine öffnen, nein, sie wollte die Knie überkreuzen und ganz fest zusammendrücken, aber das war nicht der Moment dafür.

Die Ärztin rollte einen Kasten heran, zog eine durchsichtige Membran über ein Gerät, das aussah wie eine elektrische Zahnbürste ohne Kopf.

»Ihr erster Ultraschall?«

Etna nickte, als wäre sie wirklich beim Zahnarzt, als hätte sie einen Schlauch im Mund, der den kompletten Speichel wegsaugte.

»Dann schauen wir mal.«

Die zusammengefalteten Finger in ihrem Schoß knacksten. Das hier war kein Zahnarztbesuch. Denn im Mund hatte sie Zähne, die zubeißen, eine Zunge, die Geräte wegdrücken konnte. Ihre Vagina hatte nichts dergleichen.

»Okay, okay, okay«, flüsterte Etna, während die Ärztin das Gerät immer weiter in ihrem Körper verschwinden ließ.

»Ich versuche, die Fruchtwasserhöhle des Kindes zu finden, um zu schauen, ob es sich gut in der Gebärmutterschleimhaut eingenistet hat. Ab der sechsten Schwangerschaftswoche sind erste Herzschläge bereits sichtbar. Wenn ich diese sehe, können wir sagen, dass es Ihrem Kind gut geht. Die Schwangerschaftswochen berechnen sich ab dem ersten Tag der letzten Periode. Wann hatten Sie das letzte Mal Ihre Menstruation?«

Schwarz-weiße Linien erschienen auf dem Bildschirm. Etna dachte an den kleinen Kalender im Badezimmer.

Die Ärztin bewegte das Gerät in Etnas Körper. Die Linien auf dem Bildschirm verschoben sich. Irgendwo zwischen diesen Linien musste Rolf sein.

»Ah«, sagte die Ärztin und zeigte auf eine runde Verdunklung »hier, Ihr Kind. Noch ganz klein, nur ein paar Millimeter. Kleiner als eine Erbse, sagt man ja oft.«

Etna suchte nach den Millimetern, die Rolf waren.

»Herzschläge kann ich keine feststellen. Führen Sie Buch über Ihre Menstruation?«

Etna schüttelte den Kopf, obwohl das gelogen war.

»Dann entspannen Sie sich. Wirklich. Das ist der Grund, warum man normalerweise keine Ultraschalluntersuchungen in diesem frühen Schwangerschaftsstadium macht. Es verunsichert die Frauen. Kein Herzschlag heißt nichts Positives, aber auch nichts Negatives. Trotzdem weise ich Sie darauf hin, dass das Risiko für Fehlgeburten bis Ende des dritten Monats hoch ist. Bis dahin ist die Schwangerschaft sehr fragil.«

Etna nickte.

»Warten Sie noch bis Ende des Monats. Dann sind Sie sicher in der sechsten Woche. Machen Sie einen Termin bei Ihrer Gynäkologin. Bis dahin empfehle ich Ihnen, positiv zu bleiben.«

Die Ärztin zog das Gerät aus ihrem Körper und rieb mit einem groben Papier Gel von ihrer Vulva.

Kälte blieb an Etna haften.

26

Svenja lief durch die Gänge. Sie hatte keine Infusion gekriegt, musste darum keinen dieser langen, metallenen Ständer mit sich herumschieben. Sie lief frei, auf ihren zwei Füßen, in ihren eigenen Kleidern. Wenn sie die Reflektion ihres Gesichts in einer Scheibe, einem Spiegel sah, erschrak sie nicht. Ihr Gesicht war aufgedunsen, aber der schlimmste Teil der Reaktion war bereits abgeklungen. Sie sah nicht aus wie eine Patientin, eher wie eine Besucherin.

Florian und Julien saßen im Warteraum.

»Ich fahre nach Hause«, verkündete Svenja, noch bevor einer der beiden etwas sagen konnte.

Julien erhob sich, fragte, ob er sie bringen solle.

»Ich habe ein GA.«

»Soll ich dir eine Verbindung raussuchen?«

»Der nächste Bus fährt in drei Minuten, den nehme ich.«

Florian fragte, ob das nicht zu riskant, sie nicht zu labil sei.

»Die Fahrt dauert knapp zwei Stunden. Ich werde am Bahnhof abgeholt.«

»Von Leo? Leo aus Brugg?«, fragte Florian.

Svenja hielt ihm einen Zettel mit dem Logo des Spitals hin. »Für Etna. Meine Handynummer«, sagte sie, drehte sich um und verließ das Spital. Draußen empfing sie Beton und ein länglicher Kiesstreifen, darin sonnengelb leuchtende Pflanzen, dicht an dicht. Ein älterer Mann beugte sich entzückt darüber, schoss ein Foto von dem ganzen Gelb, von den kanadischen Goldruten, die sich hier ohne

Widerstand ausbreiteten, sodass kleinere Pflanzen, die auf viel Licht angewiesen waren, keine Chance mehr hatten.

Der Bus fuhr ein, es zischte, als er sich absenkte.

Es zischte ein zweites Mal, als er sich wieder hob, aber das hörte Svenja nicht mehr, zu laut rauschte es in ihr selbst.

26

Die milchige Schiebetüre öffnete sich automatisch. Etna betrat den langen Gang, suchte nach einem Stuhl, fand keinen und sank deshalb direkt auf den Boden, den Rücken an die glatte Wand gelehnt.

Sie drückte sich die Handballen gegen die Augenbrauen, atmete ein und aus und ein und aus.

Alles hatte irgendwo seinen Anfang. Und das hier, das durfte noch nicht der Abschied sein.

Vor zwei, drei Jahren hatte sie begonnen, ihren Zyklus zu notieren, in einer kleinen Agenda, die sie im WC-Regal unter die Tampons steckte. Dort notierte sie Startpunkt, Schmerzen und ungefähre Blutmenge. Sie notierte, wie stark die Weltuntergangsstimmung direkt davor war. Dort in diesem Büchlein stand also, welcher Tag der erste Tag einer Rechnung war, die unter keinen Umständen auf mehr als sechs Wochen, also zweiundvierzig Tage oder mehr, kommen durfte.

Etna löste ihren Kopf von den Handballen, fuhr sich mit den Fingern durch die Haare, immer wieder.

Mit vierzehn hatte sie zum ersten Mal ihre Tage gekriegt, was bedeutete, dass sie seither ungefähr zweihundert Mal menstruiert hatte. Zweihundert Mal – nur wann das letzte Mal war, wollte ihr nicht einfallen! Gar nichts mehr wollte ihr einfallen. Nicht, wann sie das erste Foto von Alain erhalten hatte, nicht, wann die Schmuckmesse in Basel stattgefunden hatte, nicht, wann sie Svenja zum ersten Mal neben Leo gesehen hatte.

Sie riss den Vorhang vor Svenjas Bett auf.

Dahinter: eine Matratze, die Decke zu einem Haufen gestaucht, Rucksack, Handy und Ladekabel verschwunden.

Das Bett vor ihr war so leer wie ihr Unterleib.

Svenja war weg, der Schaden angerichtet. Wieder würde es in Brugg einen Menschen mehr geben, den sie in eine missliche Lage gebracht hatte.

Etna riss die Decke von der Matratze, aber natürlich lag nichts darunter. Keine Svenja, keine Erbse.

Etna schlug auf die Matratze. Einmal mit der rechten, einmal mit der linken Faust, Plastik knirschte.

Was für ein beschissenes Wort! Unterleib!

Wieso hatte sie diesen scheiß Raki getrunken? Wieso fand sie, dass es eine gute Idee war, in einem Van auf einer Raststätte zu übernachten? Wieso konnte sie nicht einfach so sein wie alle anderen?

Sie hatte weder ihren Eltern noch ihren Brüdern etwas von Rolf gesagt.

Svenja war die Erste gewesen.

Vor Svenja hatte es keinen Rolf gegeben, nur Schweigen, die Apothekerin im Hinterzimmer ausgenommen.

Etna war extra nach Aarau in die Bahnhofsapotheke gefahren, die einzige in der Region, die so spät abends noch offen hatte.

In einem separaten Raum erzählte sie der Apothekerin alles: Die Schmuckmesse, der Sex, das Kondom, die Nachricht vier Tage später, und dass sie die Nachricht nicht sofort gesehen habe, weil ihr Handy keinen Akku mehr gehabt habe. Die Art, wie die Apothekerin nickte, ließ Etna aufatmen. Das passiere häufiger, sagte sie, und gleich darauf schämte sich Etna für ihr Aufatmen und fühlte sich plötzlich erdrückt von diesem Raum. Es gab nur einen Tisch und einen Stuhl, absolut karg war es, und doch fühlte sich Etna, als wäre sie in einer Schaltzentrale, in der die Weichen von unzähligen Frauen gestellt wurden. Und genau deswegen hätte hier nicht ein Tisch, sondern eine riesige Sanduhr stehen sollen, die die Zeit anzeigte, die einem zwischen Sex und Pille danach blieb – die Zeit also, in der man die Rädchen mit einem einzigen Druck gegen eine Blisterpackung und einem großen Schluck Wasser nachjustieren konnte. Und hinter dieser Sanduhr hätte eine große Stellwand stehen sollen, mit Phantombildern all der Männer, die wie Fünfzig gehandelt hatten.

Ob sie es trotzdem probieren wolle, hatte die Apothekerin gefragt. Die Wirkung nehme zwar rapide ab, je länger man zuwartete, aber einen Versuch sei es wert, verlieren könne sie nichts.

Doch, war es Etna sofort durch den Kopf geschossen, sie konnte etwas verlieren.

Und dieses *doch* hatte zu einem Nein geführt.

Nein, keine Pille, danke für Ihre Hilfe.

In all den Überlegungen, die danach folgten, in denen sie sich fragte, wie es nun weitergehen sollte, wie sie ihr Leben organisieren wollte – bei alldem hatte sie eines nicht bedacht: dass Rolf sie noch vor der Geburt verlassen könnte.

Etna drückte mit den Zeigefingern auf die Stelle zwischen Kiefer und Ohr.

Wut, Wut, Wut.

Fünfzig und sie hatten in einem Hotelzimmer Sex, weil Etna frei sein wollte, frei von Verantwortung fürs eigene Handeln – was nicht ging, es ging einfach nicht, Handlungen hatten nun mal Konsequenzen, auch für Fünfzig. Selbst wenn Etna allein entschieden hatte, keine Pille danach zu schlucken, hatte auch er eine Entscheidung getroffen, als er mit ihr geschlafen und über das geplatzte Kondom geschwiegen hatte.

Etna spürte ihr Handy in der Jackentasche vibrieren.
Sie entsperrte den Bildschirm und sah, dass Alain ihr geschrieben hatte.

1994

Sie brauchten noch Basilikum. Das Serviertablett war bereits übervoll mit roten Tomaten, aber Pompei war der Meinung, dass es ohne Basilikum nicht das Gleiche war, der kleine Vulkan solle im Garten von Herrn Krähenbühl heimlich ein paar Blätter pflücken gehen.

Er entdeckte sie sofort, musste lachen, fragte, ob sie auf dem Gartenzaun balancieren wolle wie eine Zirkusartistin, seine eigenen Töchter hätten ganze Nachmittage damit verbracht.

Sie nickte schnell, eine Zirkusartistin, das wollte sie sein.

Herr Krähenbühl nahm sie an der Hand und half ihr hoch.

Sie spürte das warme Holz unter ihren nackten Füßen, spürte Herrn Krähenbühls Hand, die rau und trocken war, den süßlich-freundlichen Duft, der von seinem Hemd ausging, und dass es nun einzig von ihr abhing, ob es später noch Basilikum geben würde oder nicht.

Sie löste einen Fuß und setzte ihn etwas weiter vorne wieder aufs Holz. Dann tauchten die Brüder auf, Cäsar rief *Du darfst nicht zögern* und Pompei *Das Gewicht in der Mitte lassen*, und Herr Krähenbühl sagte *Es ist wie normales Gehen*. Sie ballte ihre freie Hand zu einer Faust – normal gehen konnte sie doch allemal! –, also ging sie normal, aber nach zwei Schritten fand ihr Fuß keinen Halt, er rutschte ab, und mit dem Fuß kam der ganze Körper ins Fallen.

Du hast einen Sprießen, erklärte der Vater, als sie nach Hause kamen.

Sie kannte das Prozedere: Hand stillhalten, dann die Pinzette, wenn nötig ein kleines Messer, das man vorher zur Desinfektion über eine Flamme gehalten hatte. Schmerzen und Schreie und dazu der Geruch der Erwachsenen, deren Angst, deren Mitleid.

Sie erklärte, dass sie das selber machen würde.

Der Vater meinte, dazu sei sie noch zu klein.

Sie öffnete ihre Hand: Ein schmaler, dunkelbrauner Streifen steckte unter der Haut. Er gehörte da nicht hin. Er war Holz, totes, vermoderndes Holz. Sie hingegen war Mensch, lebendig, wachsend.

Du kannst auch warten, sagte der Vater, vielleicht arbeitet sich der Sprießen von selbst raus. Aber ich bin kein Arzt.

Am Abend schaute sie ihren Finger an, bis der Vater das Licht löschte. Dann hatte sie Angst davor, das Holz würde im Schlaf zu arbeiten beginnen, könnte sich in der Richtung täuschen, würde weiter in ihren Körper eindringen, in ihr Herz oder Hirn, und dort etwas machen, das sie verändern oder sterben lassen würde.

Vier Nächte schlief sie mit Angst ein. Dann, am fünften Morgen, schaute die Holzspitze aus der Haut.

Manche Probleme lösen sich, wenn man nichts tut, meinte der Vater, als er zuschaute, wie sie sich den Sprießen selbst aus der Haut zog, aber das ist nicht immer so, vergiss das nicht. Die meisten Probleme werden schlimmer, wenn man sie ignoriert.

27

Immerhin sind Julien und Florian noch da, dachte Etna, als sie die Treppe hoch zum Warteraum nahm.

Beide zuckten zusammen, als Etna vor die Fische trat.

»Wo ist Svenja?«, fragte Etna.

»Sie ist nach Hause. Was haben sie dir gesagt? Geht es dir und dem Kind gut?«

»Ich gehe auch.«

»Du wurdest entlassen?«

»Ich gehe nach Marin.«

»Du willst an den Neuenburgersee?«

»In Marin steht eine der Goldraffinerien.«

»Und was willst du dort?«

»Campen.«

»Campen?«

»Protestcampen.«

»Du willst schwanger protestcampen?«

Etna registrierte die Ratlosigkeit in den Gesichtern von Julien und Florian.

Und dann sah sie den grünen Turnsack auf Juliens Schoß.

Gold lugte unter dem Stoff hervor.

»Ich will schwanger protestcampen, bis ich Ende des Monats erfahre, ob ich überhaupt noch schwanger bin. Ich muss Rolf stolz machen, solange es ihn noch gibt. Ich muss mich hinsetzen und ausruhen. Und wenn ich mich sowieso hinsetzen und ausruhen muss, dann kann ich das doch ebenso gut protestierend vor einer Goldraffinerie, nicht?«

Weiterhin ratlose Gesichter.

»Nicht?«, wiederholte sie.

Julien stand auf.

»Du spinnst«, sagte er, drückte ihr den Turnsack in die Arme und verließ den Warteraum. Der größte der gelben Fische drehte sich um und schaute ihm nach.

»Ich gehe wirklich«, sagte Etna zu Florian, der sie immer noch erstaunt ansah, »ich muss das tun. Ich werde Rolf zwei Wochen lang alle Gedanken widmen, ich werde endlich Alain zurückschreiben, ich werde mir einen Instagram-Account machen, damit mein Protestcamp Aufmerksamkeit erhält. Hast du noch den Goldspray von Reas Mikrofon? Wenn ich mich von unten bis oben golden einspraye, dann bekomme ich bestimmt mehr Aufmerksamkeit. Das wäre doch was. Dann brauche ich ein Plakat, ich brauche ein Zelt, einen Schlafsack, eine Matratze und genügend Snacks.«

Florian nickte.

»Ich kann dich hinfahren, wenn du willst. Campingsachen hat's im Van, Snacks gibt's hier am Automaten.«

Nachricht von: Alain Bandoma

Gesendet am: 16. August 2023 um 18:15

Liebe Etna, ich habe lange nichts mehr von dir gehört. Die Anfragen an die Galerien habe ich selbst gemacht. Und weißt du was? Es passiert tatsächlich! Wir haben eine Zusage. Meine Fotos werden in einer Galerie hier in Kinshasa gezeigt. Ich schicke dir den Screenshot der Zusage. Das ist so verrückt – und groß, Etna, das ist groß! Ich informiere jetzt noch meine Eltern und meinen Dozenten.

Kinshasa, danach Yaounde, nachher bei dir in der Schweiz, wer weiß? Wir werden so viele Leute auf das Thema Gold, auf die Situation hier im Ostkongo aufmerksam machen können. Endlich sehen sie, was hier passiert. Ich melde mich wieder, sobald ich mehr weiß.

28

Mit jeder Kurve wurde Saint-Imier unter ihnen kleiner.

Etna hatte ihre olivgrüne Jacke bis ganz oben geschlossen. Ihr war kalt, sie spürte, wie die Atome in ihrem Innern an Bewegungsenergie verloren.

Der Radio war ausgeschaltet, die Straße führte durch den Wald immer weiter nach oben.

Florian fuhr die Kurven so langsam wie jemand, der wusste, dass dabei Gläser umfallen könnten. Beifahrerin zu sein, gefiel Etna. Von nun an würde alles wieder an seinem Platz sein. Florian hatte den Van zurück, Svenja sprach sich mit Leo aus, sie selbst würde endlich an den Ort gehen, wo sie etwas bewirken konnte.

Der Wald endete, und die Straße wurde zu einer Geraden.

Sie fuhren über eine Hochebene, die durch bauchige Bauernhäuser in größere und kleinere Einheiten unterteilt wurde.

»Wie viel wiegt der? 24 Karat?«, fragte Florian und nickte zu dem Turnsack auf dem Armaturenbrett.

Etna schüttelte den Kopf. »Bei Karat geht es nicht ums Gewicht, sondern um den Feingehalt. 24 Karat ist der höchste Wert, der aber faktisch gar nicht erreicht werden kann.«

Etna öffnete den Turnsack und legte den Goldbarren vorne auf die Ablagefläche.

»Wenn man einen Goldbarren in der Hand hält, wird

einem bewusst, wie absurd das alles ist«, erklärte sie, »vielleicht sind für die Gewinnung dieses Golds Menschen gestorben. Das macht doch was mit einem, wenn man einen Gegenstand direkt vor sich hat und nicht mit Sicherheit sagen kann, ob jemand bei dessen Herstellung gestorben ist. Wenn ich es schaffe, im Bewusstsein der Menschen einen Zusammenhang zwischen den Minen und dem Ehering, den du am Finger trägst, herzustellen, dann habe ich zwar nicht die vollen 24 Karat, aber doch schon viel erreicht.«

»Und du willst etwas erreichen?«

»Deswegen sind wir doch hier? Auf der Erde, meine ich. Um etwas zu erreichen.«

»Jazz spielst du nicht mehr?«

»Wieso fragst du?«

»Als wir zusammen waren, war es Jazz, jetzt Gold.«

Etna überlegte einen Moment.

»Willst du damit sagen, dass es ein Muster bei mir gibt? Wenn ja, würde ich es gern wissen.«

Florians Stimme wurde lauter.

»Natürlich hast du ein Muster! Sobald das Leben schwierig wird, verbeißt du dich in irgendwas. Vor fünf Jahren war es Jazz. Du hast über nichts anderes gesprochen und geübt bis zum Umfallen. Nur um dann alles wieder abzubrechen. Sobald dir das Leben zu viel wird, suchst du dir etwas Neues. Als Kind die Sache mit den Ninja Turtles, dann Jazz, jetzt Gold, als Nächstes vielleicht Schwarz-Weiß-Filme oder Permakultur. Hauptsache, Etna muss sich ihren eigenen Themen nicht stellen.«

Ein LKW kam ihnen entgegen, saugte im Vorbeifahren den Van ein wenig an.

»Ist es mit der Liebe nicht das Gleiche?«, gab Etna zurück. »Man verbeißt sich in eine Person, zieht zusammen, kauft sich Ringe, schmiedet Zukunftspläne. Nur um dann alles wieder abzubrechen. Dann neue Beziehung, neue Hochzeitspläne, nur um sich nicht den eigenen Themen zu stellen.«

Florian wollte etwas erwidern, schloss den Mund aber wieder.

»Tut mir leid«, sagte er stattdessen.

»Mir auch.«

Er lachte auf.

»Weißt du, früher habe ich viele Gespräche mit dir geführt; in meinem Kopf, in meiner Musik. Einseitige Gespräche, in denen ich versucht habe, dich und unsere Beziehung irgendwie zu fassen zu kriegen. Wir haben uns so lange nicht gesehen, dass du in meiner Vorstellung zu einer verdammt stabilen Wand geworden bist.«

»Dann piss nicht grundlos an die Wand.«

Vor ihnen tauchte ein Schild auf, das die Grenze zwischen dem Kanton Bern und dem Kanton Neuchâtel markierte. Etna fragte, ob Florian rechts ranfahren könne.

Die Straße weitete sich, Florian parkierte den Van auf einem asphaltierten Platz.

Etna wollte aussteigen, aber Florian legte ihr eine Hand auf den Arm.

»Mir geht nicht mehr aus dem Kopf«, sagte er, »was du einmal über Leo gesagt hast.«

Etna zog die Augenbrauen zusammen: »Wie willst du dich an etwas erinnern, das ich dir vor Jahren gesagt habe?«

»Weil es mich verletzt hat. Du hast gesagt, dass das einzige Mal, dass du in einer Beziehung an Kinder gedacht hattest, mit Leo gewesen sei.«

»Damals war ich vierzehn. Logisch hatte ich da gedacht, dass man Kinder kriegt. Alle tun das mit vierzehn.«

»Ich meine nur. Du klopfst bei mir an, bei Julien. Was ist mit Leo?«

»Leo ist mit Svenja.«

»Sie sah nicht gerade glücklich aus, als sie vorhin das Spital verlassen hat.«

Etna öffnete die Tür und schmetterte sie hinter sich zu.

Draußen war Wind. Ihre Haare flogen in alle Richtungen, in die Augen, in den Mund. Sie legte sich auf den Asphalt, wo es windstiller war.

Wenig später hörte sie, wie Florian ausstieg, wie er näher kam.

Von unten sah sein Gesicht ausgesprochen jugendlich aus.

»Ich habe übrigens ein Buch geschrieben«, sagte Etna.

»Gratuliere.«

Er hielt ihr eine Hand hin, sie griff danach, erhob sich, stand vor ihm.

Mit dem Zeigefinger zeigte sie auf seine Brust.

»Du solltest mehr Bücher über Freundschaften lesen. Dann gehen dir vielleicht nicht mehr so wirre Gedanken durch den Kopf.«

Florian trat einen Schritt zurück.

»Und du willst dich für deinen Protest gold ansprayen!«

Sie blickte hinter sich. Kein Auto war in Sichtweite, also trat sie über die Sicherheitslinie auf die Straße. Den Lac de Neuchâtel konnte man von hier aus nicht sehen, aber sie spürte, dass sie der Raffinerie bereits näher gekommen waren. Sie drehte sich um, wollte zurück zum Van, erkannte dann die weißen Blüten. Sofort setzte sie sich in Bewegung, lief zum Ende des Parkplatzes, wo der Asphalt in Kies überging und an einer knapp menschhohen Felswand endete.

Sie startete einfach irgendwo, riss das erste Berufkraut aus, dann das zweite, dann das dritte, die Wurzel kam jedes Mal mit, das war wichtig, die Wurzel musste mit, nichts durfte liegen bleiben.

»Das muss alles in den Müll«, rief sie Florian zu.

Es dauerte nicht lange, vielleicht fünf, zehn Minuten, bis sie durch war.

Sie betrachtete den ausgerissenen Haufen Neophyten, lächelte.

Ihr Herz pumpte, aber dieses Mal nicht wegen einer Adrenalinspritze, sondern wegen der getanen Arbeit, wegen des Anblicks dieses Neophytenhaufens und der neophytenfreien Fläche vor ihr: So fühlte es sich also an, wenn man etwas erreicht hatte. Sie streckte die Hände in die Höhe, fühlte ihre Wirbelsäule, die spannte, fühlte den Schweiß in ihren Turnschuhen.

Alains Gesicht tauchte vor ihr auf.

Alain würde eine Ausstellung kriegen. Seine Bilder würden Wellen schlagen, genauso, wie ihr Protestcamp Wellen schlagen würde, vielleicht so hohe, dass es einen parlamentarischen Vorstoß geben würde, oder zumindest mehr Paare, die nach der Goldherkunft fragen würden. Sie würde etwas erreichen. Alles war möglich. Man durfte Probleme nicht ignorieren, man musste sie vermessen und dann angehen.

Etna hatte Lust, einen Berg zu erklimmen, hatte Lust, ganz oben zu stehen und zu jubeln.

Florian kam mit einem Plastiksack angelaufen, legte ihr eine Hand auf die Schulter. Etna wich der Hand aus, warf die Pflanzen in den Sack und begann, die kurze Felswand hochzustapfen.

Sie fühlte, wie ihr Körper wieder Wärme produzierte. Kleine Gesteinsbrocken lösten sich unter ihren Füßen, es rumpelte, es rutschte.

Alles kam gut. Sie war auf dem richtigen Weg, sie wusste alles über Gold, was es zu wissen gab. Und nun sollten Taten folgen.

Nach ein paar weiteren Schritten war sie oben.

Jetzt sah sie auf die angrenzende Fläche jenseits der Felswand: Tannenbäume, dazwischen Berufkraut an Berufkraut, ein riesiger weißer Teppich, wie die Asche eines Vulkanausbruchs.

Wieder kam Wind auf, wehte über die Blüten, verteilte unsichtbare Samen.

Selbst wenn sie Florian rufen würde, selbst wenn sie eine ganze Stunde arbeiten, Abfallsack um Abfallsack füllen würden, hätte der Wind die Samen bereits kilometerweit verteilt, sodass der weiße Teppich wuchs und wuchs und dabei alles verdrängte, was vorher hier war.

So war es also?

Ihr Protestcamp nur ein kleiner Haufen eingesammelter Neophyten, während eine Ebene weiter oben der Wind ungehindert weiterblies?

Etna legte eine Hand vorne an ihren Bauch, die andere hinten an ihren Rücken.

Sie atmete ein und aus.

Die Luft roch nach Tannenzapfen und Staub.

Keine Katastrophe, sagte sie leise, das ist keine Katastrophe, Rolf. Wir rechnen nie mit dem Einfachen, wir rechnen immer mit einer Überraschung.

Nachbemerkung

Etnas Vision einer gesetzlich festgelegten Sorgfaltspflicht in der gesamten Lieferkette der Goldproduktion ist in der Schweiz einen großen Schritt nähergekommen. National- und Ständerat haben im März 2025 der Revision des Edelmetallkontrollgesetzes, das sich an den Leitlinien der OECD orientiert, zugestimmt. Nun geht es ans Ausarbeiten der Gesetzestexte. Hier wird sich zeigen, wie ernst es dem Bundesrat ist, wirklich etwas in der Branche zu verändern.

Wir als Gesellschaft müssen also weiterhin ein kritisches Auge haben. Zögere nicht, nach der Lektüre dieses Buches weiter zu recherchieren, die Informationen sind alle da.

Die auf den Seiten 76/77 genannten Folgen einer Quecksilbervergiftung stammen von Astrid Leitner (2021), veröffentlicht auf www.netdoktor.ch

Dank

Die Entstehung eines Buches braucht Raum, also gilt mein Dank folgenden Räumen:

Sämtlichen Cafés in Windisch und Brugg, insbesondere dem Café Sabor und dem Café Fridolin. Dem digitalen Konferenzraum jeden zweiten Montag (wenn wir's nicht verhängen), wo über Texte und mehr diskutiert wird. Den Schulzimmern, in denen auch ich viel lernen darf. Den Windischer Turnhallen, wo aus Schweißtropfen Freundschaften werden, die jedes Freundschaftsarmband überdauern. Der Wohnung im vierten Stock, in der eigentlich alles möglich ist. Dem gesamten Quartier, dem Zimmer mit Essigbaum, den Bücherkästen.

Herzlichen Dank an die MentorInnen Ruth Schweikert und Michael Stauffer, an meine Agentin Rosi Kern und meine Lektorin Daniela Koch.

Für den fachlichen Rat bedanke ich mich bei Mark Pieth, Autor des Buches *Goldwäsche*, bei Salome Bruggisser, Goldschmiedin, bei Kesa Kalala, Aktivist, bei Marie-Belle Kambila, Gründerin von No Congo No Phone, bei Marc Ummel, Mitarbeiter von Swissaid, sowie beim Team für medizinische Fragen: Katja Hostettler, Martin Amrein, Vera Fleck.

Ein besonderer Dank geht an Arsène Mpiana. Seine Fotos haben mich zu Text inspiriert. Wozu inspirieren sie dich?

Zum Schluss bedanke ich mich bei allen, die mir jemals ein Geodreieck ausgeliehen haben.

Foto: Ayse Yavas

KARIN REY, geboren 1990, hat nach ihrem Abschluss am Schweizerischen Literaturinstitut in Biel 2022 zunächst den Reiseführer *closeby* veröffentlicht. *Karat* ist ihr Romandebüt. Sie lebt in Windisch im Aargau.

ATLANTIS LITERATUR

Leta Semadeni *Amur, großer Fluss*

Rebecca Gisler *Vom Onkel*

Martin R. Dean *Ein Stück Himmel*

Max Frisch *Blätter aus dem Brotsack*

Fritz Meyer *Ich unter anderem*

Fabienne Maris *Hitzewelle*

Ursula Fricker *Gesund genug*

Cesare Pavese, Bianca Garufi *Großes Feuer*

Leta Semadeni *Ich bin doch auch ein Tier*

Blaise Cendrars *Gold*

Monika Neun *Und dann verschwinden*

Marie-Hélène Lafon *Joseph*

Hansjörg Schertenleib *Im Schilf*

Martin R. Dean *Meine Väter*

Angelika Waldis *Berghau*

Cécile Ines Loos *Hinter dem Mond*

Michael Stauffer *Glückspilzbank*

Mario Casella *Der Wanderfotograf*

Fanny Desarzens *Berghütte*

Otto F. Walter *Der Stumme*

Alice Schmid *Die hängende Säge*

Ursula Fricker *Fangspiele*

Marie-Hélène Lafon *Die Quellen*

Blaise Hofmann *Die Kuh im Dorf lassen*

Mariann Bühler *Verschiebung im Gestein*

Matteo Melchiorre *Der letzte Cimamonte*

Martin R. Dean *Tabak und Schokolade*

Vincenzo Todisco *Der Geschichtenabnehmer*

Cesare Pavese *Klar und verlassen gehen die Morgen dahin*

Lia Maria Neff *Ein bisschen für immer*

Angelika Waldis *Hier. Dort. Fort*

Marion Fayolle *Aus gleichem Holz*

Blaise Cendrars *Dan Yack*

Daniel Mezger *Bevor ich alt werde*

Fanny Desarzens *Chesa Seraina*

Karin Rey *Karat*

Pascale Kramer *Die Nachsichtigen*

Tim Krohn *Die Stille der Höhe*